새롭게 인생을 디자인하는

창의적 질문법

새롭게 인생을 디자인하는

창의적 질문법

장인수 지음

bookin

질문이 살아나는 교실을 위하여

필자는 고등학교에서 국어를 가르치고 있다. 「관동별곡」, 「사미인곡」, 「면앙정가」, 「상춘곡」, 「제망매가」 등등 고전시가 수백 편을 암기하고 있다. 현대시도 수십 편을 암송하면서 수업을 진행하고 있다. 하지만 강의식 수업을 잘 하는 교사였을 뿐, 학생 중심의 수업을 실천하지는 못했다. 그러다가 슬럼프가 왔다. 수업의 주체는 학생이어야 하지 않을까? 나보다는 학생들이 더 똘똘하고, 머리 회전이 빠르고, 논리적으로 말을 잘 하지는 않을까?

이후 필자는 서울시 중등독서토론논술교육연구회에 가입하여 인문학을 위한 스토리텔링, 스팀(STEAM)과 인문학의 만남, 논리적 표현을 위한 토론 지도의 실제, 스마트 지식융합 토론 등 해마다 100여 시간이 넘는 연수를 받고, 워크숍을 개최하고, 세미나에 참석했다.

또한 2011년부터는 '창의성 신장을 위한 통합교과토론' 강좌를 개설하였다. 2013~2014년 2년 동안 서울특별시교육감 지정 연구교사제의 연구교사가 되어 〈창의적 문제 해결력 신장을 위한 주제 중심의 토론 수업 연구〉를 진행하였다. 또한 중산연구교사제를 실시하여 지식융합 수업, 통합교과 수업 연구를 여러 선생님들과 진행하였다.

이를 바탕으로 2014년부터는 인문사회영재학급, 수학영재학급에서 창의성 신장을 위한 스팀(STEAM) 수업을 40여 차례 실시하였다. 또한 여러 학교에 강사로 초빙되어 창의성 신장을 위한 다양한 수업 방법을 공개하였다. 영재교육 담당교사동아리(리좀 [Rhizome])를 만들어서 4명의 교사가 연구 결과를 책으로 만들었고, 이를 인정받아 영재교육 우수사례 발표를 하였다.

2015년부터는 서울특별시 수업컨설팅 장학위원으로 위촉이 되어 여러 학교에 컨설팅을 다니면서 훌륭한 선생님들과 학생들을 만나면서 '아직도 나는 무척 부족한 교사로구나'를 실감한다.

학생들의 뇌는 학습을 위해 존재하는 것처럼 보인다. 청소년의 뇌는 학습에 최적화되어 있는 것처럼 보일 때가 많다. 동기 부여를 촉발시키면 지적 탐구 능력과 호기심, 집중력이 증폭되는 것을 필자는 종종 목격하곤 한다.

필자는 뼛속까지 내려가서 미치도록 즐겁게 열정적으로 수업을 하자고 매일 다짐한다. 학생들의 질문과 반응이 흘러넘치는 수업을 하려고 한다. 창조의 원천적 도구인 입과 손가락을 열심히 부려먹는 수업을 하려고 한다. 또한 교탁에 학생들을 많이 모시려고 한다. 학생끼리 서로

'선생님'이라는 호칭을 불러주고, 교사가 학생에게 '선생님'이라고 불러주는 수업을 진행하고자 노력한다.

수업 시간에 교사와 학생 중에 누가 더 많이 말을 해야 하는가? 학생들이 더 많은 질문을 하게 할 수는 없는가? 학생들이 엉뚱한 질문을 해도 이를 인정하고 수업에 도움이 되도록 이끌어 가는 능력을 내 자신에게 요구한다. 그리고 어떠한 엉뚱한 질문도 학생들에게는 가장 의미 있는 질문일 것이라고 생각하는 교사가 되려고 한다.

교실에 여유가 있어야 한다. 교실에 '질문하는 여유'가 있어야 한다. 학습량에 구애받지 말아야 한다. 수업 진도 부담이 없어야 한다. 수업 따라가기에 급급하면 질문이 떠오르지 않는다. 학생이 질문하고 학생이 답하는 장면이 50분 수업 시간에 서너 번 이상 연출이 되어야 한다. 행여 수업 주제나 분위기와 맞지 않는 질문이나 답변이 나와도 '다양한 의견 중 하나'라고 인정할 때만이 가능하다. 소극적인 학생에게도 교사가 먼저 다가가 질문을 유도해야 한다.

질문은 곧 학생이 적극적으로 배우고 있다는 증거다. 질문이 용광로처럼 펄펄 끓어 넘치는 교실을 만들기 위해서는 수업 중 교사의 개입이 대폭 축소돼야 한다. 교탁과 칠판을 학생들에게 돌려주어야 한다.

필자는 웃음도, 감탄사도, 교탁도, 칠판도, 소도구도, SNS도 질문의 다양한 형질이라고 생각했다. 시창작도, 시낭송도, 시영상 제작도, 독서도, 실험 설계도, 스토리텔링도 질문의 구성 요소라고 생각한다.

질문은 디자인이다. 질문은 예술이다. 질문은 아름답고, 숭고하고, 재미있다. 질문은 또 다른 질문을 낳고, 인생을 지혜롭게 한다. 질문은 감동을 줄 수 있다. 질문을 받는 순간 기쁨에 겨워 눈물을 흘릴 수도 있다. 온 세상이 질문으로 꽉 차 있다. 평생 살면서 수많은 질문을 던진다. 교실에서도 마찬가지다. 질문은 교사의 책무이고, 수업권을 지닌 학생들의 특권이다.

교실은 대초원이다. 세종대왕과 돈키호테와 아인슈타인과 이순신이 울부짖고, 뺄질을 하고 초장(草場)을 뜯는 대초원이다.

이 책이 '질문이 살아나는 교실', '사람을 움직이고 사람을 감동시키는 질문 수업'을 위해 작은 도움이 되었으면 좋겠다. 그러면서도 반성해 본다. 가급적 생활과 밀착된 재미있고 쉬운 수업 사례를 많이 소개했어야 하는데 이론 중심으로 어렵게 쓴 것은 아닐까? 현실의 앎과 지식 사이의 간극이 큰 것은 아닐까? 다양하고 새로운 수업 방법론의 적용과 의도성이 오히려 창의성을 저해하고 구속시키는 족쇄는 아닐까? 수업은 치밀한 어떤 의도이지만, 그런 의도성이 창의성을 죽이는 기능을 갖는 것은 아닐까? 앞으로 계속 고민해야만 할 것이다.

책을 낼 수 있었던 것은 서울 중등독서토론논술교육연구회 및 중산연구교사제 선생님들 덕분이다. 새로운 수업 진행을 적극 응원해주신 중산고 교장, 교감 선생님께도 깊이 감사를 드린다. 또한 고려대 및 한국교원대의 알찬 커리큘럼과 훌륭하신 교수님들의 가르침 덕분이다. 모든 분들께 머리 숙여 감사드린다.

2015년 가을

장인수

| 차례

제1장 문·이과를 넘나드는 통합교과 질문법

제2장 소통, 공감, 행복이 꿈틀거리는 질문법

제3장 근원적인 세계를 파고드는 질문법

제4장 상대를 사로잡는 마법 같은 질문법

제5장 창의성을 키우는 질문법

제1장

문·이과를 넘나드는 통합교과 질문법

Q01 문과와 이과를 넘나드는 통합 주제를 찾아라

'화장실', '어둠', '한강 다리'라는 주제만으로도 문과와 이과를 수시로 넘나드는 통합교과 수업을 할 수 있다. 통합교과 토론 수업은 수업의 패러다임을 혁신적으로 바꾸어 놓는다. 통합교과 토론 수업의 질문은 무한도전이다.

나는 2011년부터 해마다 통합교과 토론 수업을 실시하고 있다. 한 달에 1~2회 저녁 6시부터 300분 동안 진행하는 수업이다. 하나의 주제를 가지고 교사 3~4명과 학생 30여 명이 참여하는 형태의 수업이다. 무학년제로 30명의 학생을 선발하였다. 해마다 20여 명이 넘는 교사가 이 수업에 참여하고 있다.

이 수업에 임하는 태도를 다음과 같이 설정하였다.

- 진도나 학습량에 구애받지 않는 자유로운 수업이다.
- 어떤 엉뚱한 질문도 다양한 의견 중 하나로 존중받는 수업이다.
- 정답이 아니어도 용기 있게 말하는 학생이 가장 우수한 학생이다.
- 토론은 약간 엉성하고 엉망일 수 있는 수업이다.

- 리좀(Rhizome 뿌리줄기)처럼 사방으로 끊임없이 뻗어가는 신경 조직처럼 다양하게 사고하는 수업이다.
- 질문과 대답은 학생의 권리이고 교사의 의무이다.
- 토론에 참여하는 교사는 권위를 버리고 참여한다.
- 어떠한 질문도 받아주고 긍정적으로 응답한다.
- 칭찬이 많은 수업이다.
- 교탁과 칠판의 50% 이상을 학생이 점령하는 수업이다.
- 수업 시간마다 3번 이상은 웃음과 감탄사가 터지는 수업이다. 농담, 위트, 언어유희 등을 적절히 구사할 줄 아는 수업이다.
- 이야기식 토론, 원탁토론, 브레인스토밍(brain stoming), 스캠퍼(SCAMPER), 시네틱스(Synectics)를 넘나들며 자유롭게 수업을 진행할 것이다.

어떤 엉뚱한 질문도 다양한 의견으로 존중받는 수업 태도를 지향했다. 교사들과 대표 학생이 기조발표를 하고 나면 교사와 학생이 서로 격의 없는 토론을 실시한다.

예를 들어 5월 23일에는 〈화장실〉이라는 주제를 가지고 수업을 실시했다. 중국어 선생님은 중국의 다양한 화장실을 소개하면서 중국인의 남을 의식하지 않는 실용의식이 무엇인가를 꼼꼼하고 알기 쉽게 분석했다. 2학년 000 학생은 다섯 편의 영화 분석을 통해 영화가 다양한 상징성을 지닌 소재로 화장실을 활용하고 있음을 독창적으로 제시해서 여러 학생들과 선생님들의 찬사를 받았다. 화학 선생님은 계면활성제의 특징을 조목조목 알기 쉽게 설명해서 많은 학생들의 호응과 질문 공세를 받았다. 3학년 000 학생은 '시선', '사회적 무의식', '프로이트 심리학', '미덕과 악덕의 본질', '스콧 플레이저의 심리학 실험', '감시'의 의미 등을 연결시켜 화장실의 문화적 특징을 학문적으로 깊이 탐색하였다. 많은 학생들의 질문 공세를 받았고 서로 격렬한 토론이 30분 넘게 이어졌다. 물리 선생님은 코리올리의 힘, 사이펀의 원리를 설명하실 때에는 화장실과 지구 자전, 원심력, 전향력, 운동량 보존의 법칙, 대기 대순환과 해수의 순환 등등을 언급했는데 모두들 혀를 내두르며 감탄사를 연발했다. 물리 선생님은 학교와 집에 있는 수십 기의 화장실 물을 여러 차례 내려보는 실험을 직접 해본 결과 코리올리의 힘 외에 다른 변수의 힘들이 존재한다는 것을 알려주었다.

한 가지 더 예를 들어보자. 〈어둠〉과 관련된 토론에서는 고흐와 고갱, 신윤복의 그림이 분석되었고, 황진이의 시조와 고소설 『운영전』과 현대 소설가 박완서의 어둠 이미지들이 분석되었다. 조선시대 양반과 서민들의 다양한 밤 문화가 출현했으며, 야행성 동물이 튀어나와 왕성하게 야간 활동을 했다. 뉴턴이 나와 밤하늘 이야기를 했고, 올버스의 패러독스, 아인슈타인 등이 합세하여 우주의 시작과 끝, 빛의 속도와 어둠의 세계, 암흑물질, 우주팽창, 별의 밝기 등을 토론했다. 다양한 학문이 유기적으로 융합되지는 않았지만 고갱과 황진이와 아인슈타인이 몇 단계 건너면 서로 만날 수 있음을 확인했다.

〈한강 다리〉를 주제로 진행된 통합교과 토론 수업에서 학생이 기록한 토론기록장의 일부를 제시하면 다음과 같다.

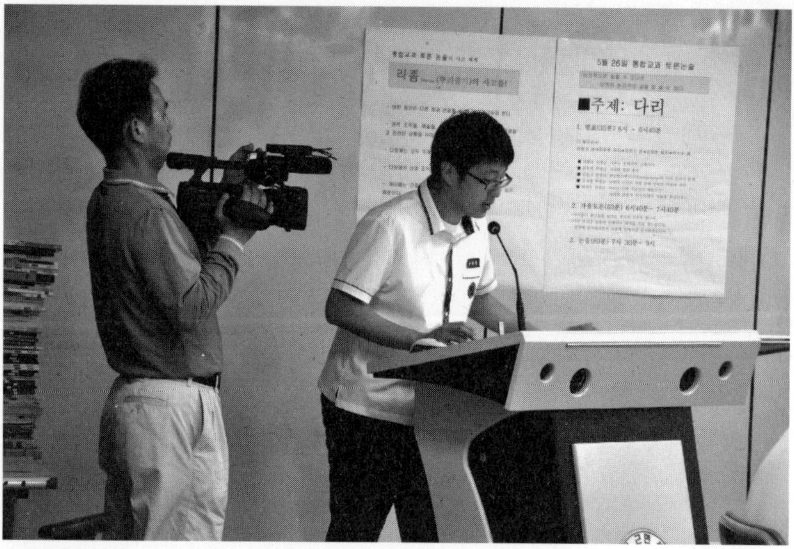

통합교과토론 수업 장면이 KBS의 <행복한 교실>에 방영되기도 했다.

토론 논술 일시	주제	세부 토론 내용	
5월 11일 (수)	한강 다리	한강 다리의 건축 기법(힘의 원리를 중심으로)	물리
		한강 다리와 디자인	미술
		한강 다리에 스며 있는 수학 공식	수학
		문학 작품 속에 나타난 한강 다리의 의미 분석	국어
		한강 다리의 변천과 역사적 의미	역사

통합교과 토론 논술 세 번째 시간이었다.

내가 발표하는 날이었는데 내가 첫 번째 순서여서 긴장되었다. 게다가 KBS의 〈행복한 교실〉라는 프로그램에서 우리 학교를 촬영하게 되었다. 그런데 하필이면 내가 발표하는 모습을 촬영하게 되어서 더욱 긴장

되었다. 매우 떨렸지만 철저히 준비한 만큼 최대한 열심히 발표하였다. 한강 다리의 건축 기법이 원래 주제였지만 좀 더 일반화하는 것이 좋을 것 같아서 다리의 재료와 재료에 따른 건축 기법에 대해 조사한 것을 발표하였다. 직접 컴퓨터로 그린 그림과 파워포인트를 활용하여 발표했었는데 조사한 내용들이 나름 잘 전달되었다고 생각한다.

이후 000 미술 선생님이 한강 다리와 디자인에 대해 발표하셨는데 한강 다리 그 자체만 아니라 한강 다리의 대중적 이미지 등을 곁들여 설명해 주었다. 내가 발표한 건축 기법, 즉 다리 자체와 완전히 다른 주제여서 한강 다리에 대해 새로운 시각을 가질 수 있게 되었다. 한강 다리의 현재 디자인에 대한 사진도 보여주고 미래 디자인이 어떻게 될 것인지도 보여주었다. 현재는 밤에 불도 많이 켜서 매우 화려한 듯한데 낮에는 굉장히 심심하다는 생각이 들었다. 그런데 미래 디자인은 굉장히 독특할 것으로 예상되는 사진을 보여주어서 미래의 한강의 풍경이 막 기대가 되었다.

그 다음에는 000 수학 선생님이 쾨니히스베르크의 다리 건너기 문제라는 것에 대해 발표했다. 섬과 쾨니히스베르크라는 도시의 다른 부분들이 7개의 다리로 연결되어 있는데 각각의 다리를 한 번씩만 건너서 출발 지점으로 되돌아올 수 있는지, 없는지에 대한 문제였는데, 학교 수학1 시간에 배우는 행렬에서의 한붓그리기와 연관이 있었다. 학교 수업 시간에 배운 내용을 응용하여 선생님께서 위 다리 건너기 문제가 불가능함을 설명할 때 훨씬 이해하기 수월하였다.

그리고는 1학년 김00이 문학 작품 속의 한강 다리의 의미에 대해 발표하였다. 발표하기 위해 나희덕 시인의 「저 물결 하나」라는 시가 인용되었다. 이 시의 화자는 한강을 통해 서울의 수많은 사람들과 그들의 삶을 떠올리는데, 한국의 중심인 서울에서의 삶은 한국인의 전체의 삶을 대변한다고 할 수 있다며 굉장히 다양한 삶이 묘사되었다. 이 시를 읽고 또 이 시에 대한 해설을 듣고 한강, 또는 서울이 사람마다 다르게 느껴질 것이라는 생각이 들었다.

마지막으로 000 역사 선생님이 한강 다리의 변천과 역사적 의미에 대해 설명해주셨다. 나누어준 프린트물에 그림밖에 없어서 상당히 당황스러웠다. 그런데 그 그림들 순서로 한강과 관련하여 일어난 사건들이 복잡하게 다른 것들과도 연결시키셔서 설명해했는데 마치 국사 수업을 듣는 것과 같았다. 한강이 권력에 관련되어 있고 일본의 침략 또는 소통, 단절과 관련되어 있음을 설명했는데 이렇게 한강 다리를 가지고 다양하게 해석되는 것이 매우 신기했다.

발표가 모두 끝나고 질문 및 주장 발표 시간이 다가왔다. 주로 질문이 대부분이었고 주로 선생님들께 질문이 갔다. 여러 질문과 그에 대한 대답을 듣게 되니 발표를 듣던 중 이해 못하고 넘어갔던 부분들도 쉽게 이해할 수 있게 되었다. 그리고 나에게 질문이 오지 않기를 바랐지만 1학년 어떤 녀석이 나에게 질문을 해서 당황했다. 하지만 다행히 그래도 알고 있는 부분에서 물어봐서 대답을 해줄 수 있었다.

한강 다리의 성격에 대한 원탁토론이 이어졌다. 자유롭게 자신의 의견을 개진하는 토론이었다. 다리는 권력의 이동, 침략의 수단, 소통이면서 단절이다. 다리는 이미지, 다리는 예술, 다리는 속도의 변천사, 다리

는 아픔, 다리는 역사, 다리는 수학이면서 물리학이면서 공학이다. 다리에 대한 성격이 무궁무진하다. 그냥 차를 몰고 건너가고 건너오는 다리의 차원이 아니었다. 무궁무진한 성격을 지니고 있었다. 아, 정말 토론은 재미있다. 사고의 확장이 일어나고 지적 열정이 뻥 뚫리는 느낌이 들었다.	
확인	교사 (인)

※학생이 쓴 글이라서 비문이 더러 섞여 있기에 양해를 바랍니다.

Q02 '몸 철학'은 통합교과의 주제로 최적이다

'몸'은 인문학과 자연과학을 넘나드는 통합교과 수업에 매우 적합한 주제라고 볼 수 있다. '자신과 타인의 몸을 사랑하고 존중하자, 남자와 여자의 몸을 서로 존중하자'는 창의 인성 양성평등 교육에도 매우 합당한 토론 주제다.

나는 영재교육연구교사동아리 팀장을 맡으면서 '몸 철학'을 주제로 여러 교과를 넘나드는 지식융합 수업을 했고, 영재수업 컨설팅을 받았다.[1)]

수업 주제는 〈몸이 철학을 할까? — '손'을 통한 시와 과학의 만남〉이었다.

기원전 5세기 플라톤부터 기원후 17세기 데카르트까지는 2,000여 년 동안 육체보다는 영혼을 중시했다. '이데아', '절대선', '지혜', '나는 생각한다. 고로 나는 존재한다'라는 명제는 물질보다는 정신의 세계를 절대

1) 전동렬(팀장, 서울대 물리교육과 교수, 서울대 과학영재 교육원 원장), 방승진(아주대 수학과 교수, 전 아주대 과학영재교육원 부원장), 박성욱(대전대 아동교육상담학 교수, 대전대 인문영재교육원 원장), 고용철(세화중학교 교감, 제주대 과학영재교육원 물리 강사), 김주아 교수(한국교육개발원 영재교육연구센터 영재교육과정 총괄 연구위원) 등이 수업을 참관했다.

시하였다. 중세의 기독교 사상도 정신과 영혼의 우월성에 초점을 맞추었다. 18세기 이후에 와서 비로소 몸과 물질을 새롭게 바라보기 시작했다. '몸은 세계로 나가려고 한다, 몸이 세계를 만든다, 몸은 주체다'라는 생각들을 하게 되었다. 19세기에 와서 존슨, 메를르 뽕띠 등에 의해서 '몸 철학, 야생적 사유, 몸의 현상학'이 탄생을 했다. '경험, 체득, 인지, 감각, 감성, 인지 과학, 뇌 과학' 등 몸의 용어가 인문학과 자연과학의 중심부를 차지하게 되었다.

오늘날은 '몸'이 철학을 하는 시대가 되었다. 셰익스피어 작품을 영혼과 육체의 해부학으로 분석하는 시대가 되었다. '몸이 철학을 할까?'라는 주제로 창의적 문제 해결력을 신장하는 수업을 실시하였다. 몸 중에서도 '손', '발'을 중점적으로 탐구하는 수업을 진행하였다.

이 수업은 통합교과 토론 수업이기에 문학 교과목이 핵심 과목은 아니었다. 문학 교과와 윤리, 물리, 화학, 생명과학, 수학 교과가 핵심 교과에 해당한다. 관련 교과의 단원을 토대로 하여 통합교과 단원을 '손을 통한 시와 과학의 만남'으로 재구성하였다. '손'이라는 소재를 중심으로 소주제를 설정하여 이와 관련된 관련 교과를 살펴보면 다음과 같다.

관련 교과	단원	통합 요소
윤리와 사상	생명과학과 생명윤리의 관계	• 손 잡아주기, 기도하는 손, 도와주는 손, 기부하는 손, 노동하는 손, 엄마 손, 할머니 손 등으로 시 쓰기
	친구 관계와 윤리 문제	• 악수하는 손, 폭력의 손, 어깨동무하는 손, 게임하는 손 등으로 시 쓰기 • 손은 예술인가? 손은 욕망인가?

역사	불교의 성립과 통일 제국	• 천수관음보살의 천수의 의미와 시 쓰기
문학	• 매체 활용 교육 • 문학 작품의 창조적 재구성	• 손을 소재로 한 대중가요나 시 작품 찾아서 발표하기 • 손에게 고맙다는 편지 쓰기, 또는 대화하기
경제	경제 체제와 경제 목표, 보이지 않는 손	• 아담 스미스의 '보이지 않는 손'과 시장의 수요와 공급에 관한 시 쓰기
미술	데생, 소묘	• 자신의 손, 할머니의 손 등을 그리고 느낌을 시로 쓰기 • 초현실주의자의 손 그림 감상하고 분석하기
화학	전해질과 비전해질	• 감전, 짜릿함의 과학적 의미를 시로 쓰기
	산과 염기의 반응	• 손가락이 벌이나 모기에 쏘였을 때의 느낌을 시로 쓰기
물리	운동량, 충격량, 속력의 변화	• 악력, 밀기, 팔씨름, 역기, 주먹의 강도, 격파, 당수, 꺾기, 팔굽혀펴기 등을 시로 쓰기
	돌림힘, 역학적 평형, 열역학	• 나사 돌리기, 병뚜껑 열기, 차 밀기, 손이 차가운 이유, 손에 땀이 나는 이유, 손난로 등을 시로 쓰기
생명과학	혈액 성분	• 손에 맺히는 핏방울에 대한 시 쓰기
	자극의 전달과 반응, 신경계	• 손가락 움직임을 통한 시 쓰기
	염색체	• 태아에서 손가락이 만들어지는 과정을 통한 시 쓰기

Dewey의 5단계 창의적 문제 해결 수업 모형과 Parnes의 6단계 창의적 문제 해결 수업 모형을 참고하여 현실적 상황에 맞게 수업 지도 계획을 수립하였다. 인문사회영재학급 20명을 5개조로 나누어 모둠 문제 해결력 수업을 진행하였다.[2)]

2) 모둠 편성은 편의상 번호순으로 하였고, 사회자를 선정하였다. 모둠별 발표는 흥미를 유발시키기 위해 추첨하기 웹 프로그램을 사용하여 진행하였다. 이런 것은 교사의 판단에 따라 언제든지 변형이 가능하다.

2013~2014학년도 서울특별시교육청 지정
초 · 중등 연구교사 2차년도 수업공개

창의성 신장을 위한
주제 중심의 통합교과 토론 수업

'손'을 주제로 한 '시'와 '과학'의 만남

대 단 원	문학Ⅰ 2. 문학 작품의 생산의 원리 [문학, 물리, 생명과학, 화학 통합교과]
수업단원	(1) 비판적 · 창조적 재구성
수업단원 재구성	'손'을 주제로 한 '시'와 '과학'의 만남 [문학, 물리, 생명과학, 화학 통합교과]
일 시	2014. 5. 26(월) 2교시 (09:30-10:20)
장 소	2학년 6반 교실(3층)
대 상	2학년 6반 35명
지도교사	장 인 수 (국어)

중 산 고 등 학 교

'몸'은 질문의 원천이다. 몸은 질문의 보물창고이며, 질문의 발원지다.

모둠별로 작성한 집단 창작 시 중에서 유익하고 재미있는 학습지를 태블릿PC를 이용하여 동시에 전체 학생에게 보여주고 발표를 했다. 6단계의 단계별 활동 내용을 요약하여 제시하면 다음과 같다.

● **1단계 활동** : 은유와 연상을 통한 시와 과학의 만남(5개 문항으로 활동을 했다.) 예를 들어 '소리의 그림자는 ( )이다. 거울의 수염은 ( )이다. 구름의 진신사리는 ( )이다'처럼 ( )에 들어갈 어휘를 찾는 수업을 진행한다.

● **2단계 활동** : 시 제목 연상하기를 통한 시와 과학의 만남

(시 소재 : 시와 우주, 시와 몸, 시와 과학의 만남) — 3개 문항으로 활동을 했다. 예를 들어 '( )은 밤의 야경꾼/ ( )은 어둠 속에 하얀 가면을 쓰고 나타난 태양/ ( )은 하늘에 매달린 따먹을 수 없는 과일/ ( )에 손잡이를 매달면 얼마나 멋진 부채가 될까?/ ( )은 어두운 골목을 하나도 빠짐없이 비추며 돌아다니는 고양이의 친구' 등은 장석주 시인의 시 일부분이다. 시 제목을 연상하는 수업을 실시한다. 과학 지식을 동원하면 금방 맞출 수 있다. 눈, 코, 입, 무릎, 가슴 등등 우리의 신체 기관을 소재로 쓰여진 작품을 활용한다면 학생들은 매우 민감하게 반응하면서 수업 몰입도가 높다.

● **3단계 활동** : 다음은 시인가? 과학책의 구절인가?

과학책 중에는 시집이라고 착각할 만큼 시적인 문장들로 가득 찬 책들이 아주 많다.[3] 이런 책들에서 한 대목을 잘라내어 학생들에게 제시하면서 "이 문장이 시인가? 과학책의 구절인가?" 질문을 하면 학생들은 헷갈려 한다. 예를 들어 '립스틱'(데이비드 보더니스의 『시크릿하우스』와 서안나 시인의 시 「립스틱 발달사」)에 대한 글을 섞어놓고 이 구절이

---

3) 『초신성의 후예』(이석영 지음, 사이언스북스, 2014년), 『메스를 든 인문학』(휴 앨더시 윌리엄스 지음 김태훈 옮김, 알에이치코리아, 2014년), 『시크릿하우스』(데이비드 보더니스 지음 김명남 옮김, 생각의나무, 2006년), 『코스모스』(칼 세이건 지음 홍승수 옮김, 사이언스북스, 2010년), 『이인식의 과학나라』(이인식 지음, 김영사, 2004년) 등의 책을 활용하여 수업을 진행했다.

시인지, 과학책의 구절인지를 알아맞히는 문제를 냈다.[4)]

● **4단계 활동** : 김수영「풀」은 과학적인가? 비과학적인가?

풀의 움직임에 대한 치밀한 관찰을 통해 시인과 과학자는 자연의 비의(秘義)를 찾고 발견하는 '견자(見者)'라는 유사한 속성을 지닌 존재라는 탐구를 진행했다. '날이 흐리고 풀이 눕는다./ 발목까지/ 발밑까지 눕는다./ 바람보다 늦게 누워도/ 바람보다 먼저 일어나고/ 바람보다 늦게 울어도/ 바람보다 먼저 웃는다'는 구절이 과학적일까 비과학적일까 토론을 시켰다. 동영상을 틀어주었고, 학생들은 파동의 수축과 주기, 진동, 음파, 마이크로파, 수면파 등의 원리를 적용하면 풀이 바람보다 먼저 누웠다가 바람보다 먼저 일어나는 현상은 매우 과학적 원리에 합당하다는 결론을 내었다. 시와 과학은 '치밀한 관찰과 상상력'이라는 공통분모를 가지고 있다는 것을 확인하는 수업이었다.

● **5단계 활동** : 과학적 상상력으로 시를 창작한 사례를 보여주었다. 과학적 상상력을 작동하여 쓴 시들이 매우 많다.[5)] 2009년 민음사에서 펴낸『별은 시를 찾아온다』라는 시집에는 별을 하늘의 숯불로 비유한 시, 캄캄한 하늘에 물관을 박겠다는 식물적 상상력을 보여 주는 시, 별을 빛나게 하는 어둠을 다룬 시, 뼈와 가죽과 미지근한 지방질로 채워진 인간의 생애를 희비극적인 우주 서사에 겹쳐 놓는 시 등등 드넓은 우주 현상을 놀라운 사유와 상상력으로 그려낸 작품들이 담겨 있다. 천문학이나

4) '바람'에 대해서는 칼세이건의『코스모스』라는 책과 고재종 시인의 시「바람의 정처」를 인용했다. 이 외에도 무수히 많다.

5) 정호승 시인의 시「우리가 어느 별에서」, 황진이의 한시「夜思何(야사하)」, 허만하 시인의 시「목성에 강이 있었다」,「그리움은 물질이다 - 아이잭 뉴튼에게」등등 무수히 많다.

지질학은 시 장르와 끊임없이 통섭하고 교감을 지속했다.

● **6단계 활동** : '손'에 대한 100마일 사고하기

100마일 사고는 짧은 시간 안에 가능한 한 많은 아이디어를 떠올리는 브레인스토밍을 말한다. 7분 동안에 뇌폭풍을 일으켜서 10~30개 정도의 아이디어를 산출하도록 유도한다. 예를 들어 '다른 동물(새우, 거미, 문어 등등)의 손과 인간의 손 비교하기', '손가락 마술, 손가락 춤 등의 사례를 떠올리기' 등 아이디어를 자유롭게 떠올려보는 것이다. 발표를 시켜보면 기상천외한 생각들이 쏟아진다.

● **7단계 활동** : 시와 과학의 만남: 과학적 상상력(우주적 상상력)으로 시 창작하기

물리, 화학, 생명과학, 천체와 관련된 과학 용어를 사용하여 시를 짓도록 했다. 반드시 과학적인 수치, 공식, 현상을 넣어서 시를 창작하도록 유도했다. 은유법 또는 직유법을 반드시 넣어서 시를 짓도록 조건을 제시했다. 조건을 구체적으로 제시하지 않으면 수업 목표 달성 여부를 판단하기 힘들기 때문이다. 모둠별로 나누어서 아이패드를 이용해 자료를 검색하고, 토의하는 시간을 충분히 갖은 다음에 시 창작을 하도록 했다. 모둠별 시 쓰기의 조건을 다음과 같이 제시했다. [6]

모둠	관련 교과	관련 단원 — 시 쓰기
1조	화학	전해질을 이용한 시 쓰기 산과 염기의 반응을 이용한 시 쓰기

6) 장인수의 시집 『교실, 소리질러』에는 학생들의 활동이 들어 있다.

2조	천체(우주)	달, 별, 태양에 대한 과학적 용어를 이용한 시 쓰기
3조	천체(우주)	운동량, 충격량, 속력의 변화를이용한 시 쓰기
4조	물리	돌림힘, 역학적 평형, 열역학 법칙을 이용한 시 쓰기
5조	생명과학	혈액 성분, 염색체, 자극과 반응을 이용한 시 쓰기

QR코드로 만들어서 Padlet 홈페이지에 올리고 댓글 달기한 내용과 학생들이 개인별로 작성한 수업 만족도 설문지를 분석하였다. 응답 내용을 살펴보면 다음과 같다.

- 토론을 1년 동안 7번이나 참여한 것은 놀라운 경험이었다.
- 질문이 펄펄 살아나는 수업이다. 근거를 대야만 하고, 질문이 질문을 낳는 수업이다.
- 교탁에 자주 서니까 기분이 좋고 자부심이 생기고 발표력도 늘었다.
- 선생님께서 리좀(Rhizome : 뿌리줄기)의 사고 체계를 강조했는데, 수업을 통해 어떤 점이든 다른 점과 연결될 수 있고 연결되는 아이디어와 사고체계를 기를 수 있었던 것 같다.
- 다양한 교과의 선생님들이 참여하여 타 교과의 범주를 들락거리며 토론하는 개방적인 자세가 무척 좋았다.
- 수업 시간에 떠오르는 아이디어와 생각들이 넘쳤다.
- 100마일 사고(브레인스토밍)를 통해 뇌에 폭풍이 일어나는 느낌을 받았다.
- 역지사지의 능력, 의견의 다양성, 듣기의 중요성을 알았다.
- 몸 철학이라는 새로운 용어와 그 구체적인 내용을 탐색한 것은 지

금까지 수업 중에서 가장 행복하고 알찬 수업이었다.

- 하나의 주제에 대해 물리와 정치, 화학과 문학, 경제와 수학 등이 서로 연결된다는 사실이 놀라웠다.

Q03 여러 수업에 기발한 스토리텔링을 입혀라

'귀신'과 '머리카락' 스토리텔링 수업을 실시했다. 현실과 비현실을 넘나들고, 미래와 현재를 넘나들었다. 이야기 수업은 끝없는 질문 수업이다. 학생들은 위대한 능력을 지녔다.

수업에 이야기를 입힌다? 그냥 이야기가 아니라 '감동의 이야기'를 입힌다?

'귀신' 수업을 해마다 실시한다. 『금오신화』는 귀신들의 이야기이다. 시체를 사랑하는 시애설화(屍愛說話), 인귀교환설화(人鬼交換說話)가 바탕에 깔려 있다. 지옥, 연옥, 천국으로 구성된 단테의 『신곡』도 귀신들의 이야기라고 해도 무방하다. 소설은 귀신으로부터 탄생했다고 해도 틀린 말이 아닐 것이다.

칠판에 〈학습목표 : 귀신이 소설을 분만했다〉라고 노란 분필로 큼직하게 써놓는다.

학생들이 의아해 한다. 이럴 때는 교사가 피를 질질 흘리며 머리 풀어헤치고 귀신이 되어 수업을 해야 하는데…….

그렇다면 귀신을 배워보자. 우리는 「이생규장전」을 배우는 것이라기보다는 귀신과 놀아보는 거야. 알겠니? 좀 더 유식하게 '전기성(傳奇性)', '환상성(幻想性)'이라는 용어를 써볼까.

학생들에게 귀신을 조사하여 발표하도록 했다. 〈사랑과 영혼〉, 〈은행나무침대〉와 같은 영화나, 『퇴마록』 같은 판타지 문학을 조사하여 발표하였다. 또한 엽기적인 다양한 영상 자료를 찾아와서 제시했다. 괴성이 흘러나왔다. 국어과 교실은 커튼을 치면 곧바로 영화관이 된다. 그런 다음 〈엽기조〉와 〈토끼조〉로 나뉘어서 논쟁을 시켰다.

'논쟁전략 수업 모형'으로 열띤 토론을 진행한 결과 매우 많은 의견이 개진되었는데 그 중에 한 가지만 제시해본다. 학생들은 엽기 사이트와 도서관을 뒤져 귀신과 관련된 자료를 풍부하게 모았다. 그리고 영화, SF 소설, 판타지 소설 등에서 귀신을 많이 불러 모았다. 최첨단 과학 문명이 주도하고 있는 현대 사회에서도 귀신은 끊임없이 창조되어 나타나고 있었다. 아니 과거보다 더 다양하고 재주가 많은 귀신들이 무수히 출현하고 있다는 사실에 놀랐다. 현대 사회에서 귀신을 창조하는 주체는 다름 아닌 청소년들이라는 사실이다.

청소년들은 이승과 저승을 함께 생각하는 미분적(未分的) 사고체계를 지니고 있기 때문에 그런 의미에서 저승 이야기는 청소년에게는 비현실적인 이야기가 아닌 지극히 현실적인 사실주의 범주에 속한다는 의견도 나왔다. 어른들은 귀신 이야기를 부질없는 것으로 취급한다. 어른들은 이승(현실)만을 생각한다. 어른들에게 귀신 이야기나 저승 이야기는 비현실적인 세계로 취급받는다. 하지만 미분적 사고가 지배했던 근대 이전의 사람들과 청소년들에게는 저승 이야기도 자연스러운 현실의 일부라는 것이다.

이처럼 스토리텔링 수업은 학생들이 이야기를 만들어 내는 수업, 교사가 이야기를 만들며 진행하는 수업을 모두 일컫는다. 재미있는 이야기를 교사가 재구성하여 학생들에게 이야기를 전달하는 것도 스토리텔링 수업에 해당된다. '나의 인생 연애 그래프 + 건강 그래프 + 직업 그래프 + 명예 그래프'를 그려보고 미래 자서전 이야기를 담는 수업도 이에 해당한다. 만화로 이야기를 만드는 것도 마찬가지다.

월별로 테마를 정해서 우리 학급만의 이야기를 만드는 것도 아주 좋은 방법이다. 예를 들면 '3월 : 우정, 4월 : 아침, 5월 : 졸음, 6월 : 호르몬, 7월 : 생일, 8월 : 여행, 9월 : 새, 10월 : 또 다시 우정'처럼. 또는 시 수업을 할 때 시 작품을 이야기로 만들어보라는 수업을 할 수도 있다. 황진이의 시조 4편을 서로 연결하여 이야기를 만들어 발표하기, 한용운 시인의 「복종」과 「알 수 없어요」와 「님의 침묵」을 서로 연결하는 이야기 만들기 등의 수업을 진행할 수도 있다. 또는 시적 화자가 되어 화자의 가치관, 감정 상태, 어조, 상황 등을 이야기로 꾸미는 '시적 화자 이야기 활동'을 전개할 수도 있다.

재미있는 스토리텔링은 학습 효과를 극대화시킨다. 원소 기호와 주기율표를 재미있는 스토리텔링으로 만들거나, 불꽃반응 실험이나 개구리 해부 등을 스토레텔링으로 만들어 수업을 진행하면 암기도 쉽고, 이해도 쉬운 재미있는 수업이 될 가능성이 매우 높다. 역사와 한국지리와 생물은 이야기투성이다. 조금만 노력하면 거의 모든 단원을 이야기로 만

큰 원과 거기에 붙어 있는 작은 원을 동시에 굴리면, 둘 다 똑같은 거리를 움직인 게 되어 두 원의 둘레의 길이가 같아지는 아리스토텔레스 바퀴의 역설은 수학 스토리텔링 수업으로 무척 재미있다.

들어낼 수 있다. 하천 지형이나 산맥, 해안선의 모양을 설명할 때는 이미지와 스토리를 연결해서 수업을 할 수가 있다.

수학도 스토리텔링 수업이 가능하다. 이야기를 넣은 수업, 실생활과 연관된 생활 수학. 류현진 투수의 승률로 유한소수를 구할 수 있다. 〈남행열차〉 노래 가사를 개사하여 함수의 그래프의 성질을 이야기하는 수업을 할 수 있다. 포물선, 원, 좌표평면 수업을 할 때는 걸그룹 소녀시대의 율동을 곁들여서 진행할 수도 있다. 걸리버여행기의 대인국, 소인국을 통해 도형의 넓이와 부피 구하기 수업을 할 수도 있다.[7]

고전에서부터 비롯된 이루어질 수 없는 사랑 이야기나 성취담, 복수극, 영웅 이야기, SF, 막장 드라마 등등 캐릭터를 어떻게 그려내느냐, 혹은 플롯을 어떻게 엮느냐가 스토리텔링의 성패를 좌우한다.

SF는 광활한 우주가 무대다. 우주 대원들의 스펙터클한 탐사 장면이 펼쳐진다. 미스터리한 존재론의 범우주적인 장엄한 서사가 존재한다.

7) 『교실을 춤추게 하는 감동의 수업여행 : 마음을 움직이는 참여수업』(권순현 지음, 즐거운학교, 2014)에 스토리텔링 수업 사례들이 자세히 나와 있다.

압도적이고 웅장한 스케일을 보여준다. SF에는 유토피아도, 디스토피아도, 발전도. 쇠퇴도, 멸망도, 재생도, 모든 것이 함께 존재한다. 세계 멸망에서부터 일상 이야기까지, 한 가정의 생활상에서 우주 전쟁까지 무대의 크기도 다채롭다. SF에는 상상 초월의 다양한 과학 기술 문명의 요소들이 개입한다. 원시세계로부터 먼 미래까지 시간의 스케일이 광대하다. SF는 인류에 대한 목적성과 무목적성, 진화론과 결정론, 선과 악에 의한 우주 전쟁이 등장한다. SF에는 인간과 기계인간, 아바타, 로봇, 괴물, 외계인 등 다양한 생명체가 등장하며, 생명의 최초에서 최후까지 넘나든다. SF는 인류의 기원을 찾는 태초로의 탐사를 한다. SF는 판타지, 무협, 호러, 스릴러, 로맨스의 요소를 복합적으로 갖추고 있다. 엄청난 플롯이다. 학생들은 플롯에 목말라 있다. 끊임없이 플롯을 창조한다. 끊임없는 수다와 대화, 침묵 속에서 상상력의 나래를 펼친다. 그러면서 플롯을 창조한다. 학생들은 끊임없이 자신의 삶을 우주와 연결시키려 한다. 학생들은 끊임없이 자신의 현실적인 삶을 비현실의 세계와 연결시키려 한다.

나는 단위학교 영재수업 시간에 '머리카락'과 관련된 브레인스토밍 수업을 진행한 적이 있다. 부처님의 머리카락, 두발자율화, 여성의 머리카락이 더 긴 이유, 머리카락이 계속 자라는 이유, 우리 몸에서 잘라내어도 계속 자라는 곳은 머리카락과 손발톱, 머리카락의 순환 주기, 왜 남자보다 여자의 머리카락이 자라는 속도가 더 빠른가 등등 많은 얘기들이 쏟아져 나왔다. 특히 영화 〈아바타〉와 연관된 재미있는 이야기들도 쏟아졌다. 머리카락은 교감신경인가? 부교감신경인가? 영화 〈아바타〉에

영화 <아바타>의 파란인간 나비족은 머리카락으로 말, 익룡, 꽃, 신성한 나무와 교감을 한다. 머리카락은 교감신경 촉수에 해당한다. 멋진 스토리텔링이 아닌가!

서 나비족은 촉수같이 생긴 것을 꺼내서 동물의 수염, 꼬리, 털 교감신경에 연결시키면 말과 새와 나무들이 서로 교감을 나눈다. 신경교감장치를 통해 여러 생명체에 인간의 영혼이 들어가 서로 교감하고 마음을 나눈다. 더 나아가 학생들은 미용사들은 영화 〈아바타〉 속의 나비족이 아닐까라는 상상을 하였다. 머리카락으로 다른 생물과 교감하는 나비족의 능력을 지구의 미용사들이 가지고 있는 것은 아닐까? 우리 인간의 머리카락에도 교감신경이 있어서 다른 존재와 접촉을 하면 감정과 신호를 교환하는 것은 아닐까? 미용사를 다른 행성에서 온 종족이라고 설정했을 때 이런 상상력은 구체성을 얻게 된다. 지구의 미용실은 외계인의 접선 장소가 아닐까? 미용사들은 지구에 파견된, 지구에 잠입한 외계인들이 아닐까? 미용사들은 어느 행성에서 왔을까? 왜 지구에 파견되었을까? 미용사는 이상한 지구인이거나 어쩌면 지구인을 가장한 외계인일지도 모르겠다. 학생들은 머리카락을 가지고도 무궁무궁한 상상력의 날개를 펼치면서 현실과 비현실을 넘나들고 플롯을 만들어낸다.

카를로 고치와 조르주 폴티는 '영화와 애니메이션을 위한 36가지 극적 플롯', 로널드 B. 토바이스는 '인간의 마음을 사로잡는 스무 가지 플롯'을 소개했다. 추구, 모험, 구출, 복수, 라이벌, 희생, 사랑, 발견, 범죄, 재앙, 수수께끼, 획득, 실수, 애욕, 야망, 경쟁, 오판, 가책, 몰락 등등. "얘들아, 오늘은 '탈출'이라는 플롯을 만들어볼까?", "얘들아, 오늘은 '실수'라는 플롯을 만들어볼까?"

플롯을 창조하는 학생들의 위대한 능력을 믿어라. 그들의 상상력과 이야기 창조 능력은 놀랍다.

Q04 생각 이어가기는 무한한 사고력의 확장이다

'거인'과 '다리'를 통한 생각 이어가기 수업을 했다. 사방팔방으로 사고의 확장을 이루는 수업이었다. 질문은 무한한 사고력의 확장을 가능하게 한다. 질문은 명탐정 셜록 홈즈다.

'생각 이어나가기'는 세상의 거의 모든 대상은 서로 유기적으로 의미를 이루며 연결되어 있다는 믿음을 근간으로 한다. 이러한 믿음에 기초하여 인간의 사고도 방향감을 가지고 확장될 수 있다고 가정한다.

수업에서 교사는 상하좌우로 확장(extend)될 수 있는 대상을 선택하여 그것을 매개로 사고를 끊임없이 확장시켜보는 활동을 통해 다양한 사고를 이끌어 낼 수 있다.

이 기법을 이용하여 수업을 진행하였을 때 나올 수 있는 학생들의 반응은 아래와 같은 유형으로 구분할 수 있다.[8]

8) 창의인성 교육넷(http://www.crezone.net)의 〈창의·인성 수업기법 기본 자료집〉에서 인용하였다.

1) 구조 유지형 — '다리'와 같이 구체적인 대상을 수직으로 높이 올리는 것은 현실적으로 불가능하다는 유형의 반응이다. 이런 유형의 반응을 하는 학생들은 '다리'라는 대상물에 대한 고정된 관념을 다른 학생들보다 더 많이 가지고 있을 수 있다. 따라서 이런 유형의 반응을 하는 학생들에게는 이 질문은 마음껏 상상해서 답하게 되어 있음을 알려주어야 한다.

2) 환상형 — 이 문제에서 요구하는 반응의 유형이다. 주어진 문제 상황을 현실적인 제약 없이 마음껏 상상한 결과 나오는 반응이다.

3) 상황 이탈형 — 문제의 의미를 파악하지 못하는 반응 유형이다. 이런 유형의 반응은 문제의 속성을 제대로 파악하지 못하는 학생들이 주어진 상황과는 유리된 사고를 할 때 나오는 것이다. 이런 유형의 반응을 하는 학생들에게는 문제의 속성이 무엇인지를 제대로 알려 주어야 한다.

'거인'에 대해 말 덧붙이기 수업을 한다고 예상해보자. 앞 사람이 한 말에 계속 단어나 문장, 질문거리를 덧붙여서 말한다고 생각해보자. 브레인스토밍 기법, 자유연상, 유추 등을 활용할 것이다. 학생들은 다음과 같은 질문들을 쏟아낼 것이다.

- 거인은 얼마나 커야 거인일까? 2미터? 10미터? 20미터?
- 거인의 손과 발의 크기는? 몸무게는? 허리 사이즈는?
- 거인도 S라인의 몸매를 유지할 수 있을까?
- 거인의 생김새는? 문어? 고래? 맘모스? 공룡?
- 거인은 어디에 살까? 고산지대? 고원지대? 극지방? 열대지방? 사

막? 섬?

- 거인의 먹거리는? 초식 동물일까? 육식 동물일까?
- 거인은 하루에 바나나를 몇 개나 먹을 수 있을까?
- 거인의 성격은? 포악할까? 온순할까?
- 거인도 종교를 믿을까?
- 거인의 집은 어느 정도 크기일까?
- 거인의 걸음걸이 보폭은? 거인은 하루에 몇 킬로미터를 달릴 수 있을까?
- 거인의 배설물 크기는?
- 거인의 문명 수준은? 거인의 노래와 춤 실력은?
- 거인은 기타를 치고 피리를 불 수 있을까?
- 전설 속 거인은 진짜 존재했을까? 거인국(대인국)은 존재했을까?
- 성경 속에 등장하는 거인들의 정체는?
- 거인 신화, 거인 창조 신화가 세계적으로 분포하는 이유는 무엇일까?
- 거인이 나오는 작품은? (말러 교향곡 1번, 소녀와 광대 이야기, 매장된 거인, 걸리버여행기, 제3인류, 거인의 내력 등등)
- 미국·캐나다의 로키산맥 일대에서 목격된다는 털이 많은 거인 빅풋은 사실일까?
- 거인은 하루에 몇 시간 잠을 자야 스트레스가 풀리고 개운할까?
- 거인의 하루 일과는? 책을 읽고, 학교에 가서 수학 공부를 하고, 체육 공부를 할까?
- 거인도 대학에 들어가기 위해 피터지게 공부할까?

- 거인의 부모님도 잔소리를 많이 할까?

'거인은 얼마나 커야 거인일까? 2미터? 10미터? 20미터?'를 놓고 생각 이어가기를 할 수가 있다. 생각을 이어간다는 것은 이야기를 이어간다는 것이고, 아이디어를 이어간다는 것이고, 근거와 상상력을 함께 작동시킨다는 것이다. 스토리텔링(이야기 만들기) 수업도 가능해진다.

나는 2012년 통합교과 토론 수업을 진행하면서 '다리'를 주제로 180분 수업을 진행한 적이 있다. 그때 전 세계 각지에 흩어져 있는 다양한 다리 사진 100여 장을 보여주었다. 그리고 밑에서 찍은 사진, 옆에서 찍은 사진, 고공에서 내려다보며 찍은 사진 등등 상하좌우 다양한 각도에서 찍은 다리 사진도 보여주었다.

눈을 감고 심상을 활용하여 다리를 옆으로 쭉 늘려보게 하였다. 또는 다리를 세로로 세워보게 하였다. 다리를 거꾸로 뒤집어보는 상상을 하도록 했다. 일자로 뻗은 다리를 둥굴둥글 롤러코스트처럼 비틀게 하였다. 그때 나온 여러 생각들, 꼬리를 물고 이어지는 생각들. 한 시간 동안 생각이어나가기가 이루어졌다.

- 다리는 권력의 이동이다. 다리는 침략의 수단이다.
- 다리는 소통과 단절이다.
- 다리는 이미지다. 다리는 환경이다. 다리는 서정이다. 다리는 예술이다.
- 다리는 이질성 속의 동질성이다.

지네와 애벌레의 몸을 닮은 백남준의 '미디어 다리'를 통해 다리의 예술성을 생각하면서 생각 이어나가기 수업을 했다.

- 다리의 변천사는 속도의 변천사다. 소통의 다른 개념은 속도다.
- 다리 이름부터 모두 바꾸면 좋겠다. 사랑대교, 이별대교, 광복대교, 건강대교 등등으로 바꾸었으면 좋겠다.
- 휨의 원리(인장력, 압축력)에 따른 나무다리, 돌다리, 콘크리트다리, 철다리의 특징을 분석하기도 했다.
- 한강 철교를 건너는 내용의 나희덕의 시 「저 물결 하나」를 분석하며 한강 다리에 얽힌 아픔을 공유했다.
- 한강 다리를 건너서 도착지에 가는 수학적 방법인 한붓 그리기와 알레고리를 다루었다.
- 지네와 애벌레의 몸을 닮은 백남준의 '미디어 다리'를 통해 다리 예술을 생각했다. 다리에 어떤 디자인을 입힐 것인가를 이야기하는

수업이었다.

- 지하도로와 고가도로와 복개도로와의 만남과 연결지점을 생각해 보기도 했다.
- 다리는 만남과 사랑과 이별과 낭만이다. 다리는 건너감과 건너옴이다.
- 다리는 지역발전이다. 균형발전이다.
- 다리는 여행이다. 떠남이다. 돌아옴이다.
- 한강 다리는 누구의 소유인가? 그 누구의 소유도 아닌가?
- 다리는 영화다. 영화 속에 끊임없이 출현한다. 다리는 음악이다. 다리는 미술이다.
- 다리는 자연과 인공의 조화다. 건축이다. 도전이다.
- 다리는 수학적인 알레고리다.

'다리'라는 사물을 통해서 문학, 물리, 기술, 미술, 수학, 사회, 역사를 넘나드는 수업을 했다. 200여 컷이 넘는 신기한 다리 사진 자료를 보여주면서, 지식융합적인 수업을 진행했다. 생각이 다리가 되고, 가교가 되어 끊임없이 생각이 이어졌다.

Q05 사물과의 대화는 모든 대화를 가능하게 한다

실학자들은 '비둘기', '꽃', '뽕나무'와 끊임없이 대화를 나누었다. 우리는 통합교과 토론 수업 시간에 '거울'과 대화를 나누고, 질문을 퍼부었다. 질문은 아기공룡 둘리다.

18세기 조선 지식인의 풍경을 들여다보면 가히 사물에 대한 관심이 놀랍다. 중국 연경을 다녀온 후 박제가는 『북학의』를 썼다. 내편에서는 생활도구의 개선을, 외편에서는 정치·사회 제도의 모순점과 개혁방안을 다루었다. 박제가는 백성의 삶이 윤택해지지 않고서는 덕을 바로잡는 정덕(正德)이 불가능하다고 보았고, 『북학의』는 이러한 이용후생(利用厚生)의 방법을 담고 있었다. 내편은 벽돌, 기와, 창문, 뜰, 집 같은 주거 환경, 길, 다리, 수레, 배, 시장, 화폐, 자 같은 유통 항목, 활, 총, 성곽 같은 국방 방안, 그밖에 문방구, 골동품, 중국어, 의복, 종이 등을 기록했다. 그리고 외편에는 밭, 거름, 뽕나무, 과일, 농기구 같은 농업 이론, 과거시험, 관직 등의 제도, 그밖에 북학론, 경제론, 해외 통상론, 풍수설 등 백과사전식으로 담겨 있었다.

유득공과 이덕무는 누구보다도 주변 사물에 대한 깊은 관심을 가지고 있었다. 자연과학에 대한 남다른 관심을 지니고 있었다. 유득공은 비둘기에 관심이 많아서 『발합경(㶉㶨經)』이라는 책을 썼다. 관상용 비둘기 사육에 관한 책이었다. 무려 23종에 달하는 관상용 비둘기의 각 품종을 연구하였다. 흰 바탕에 검은 꼬리, 정수리에 검은 점이 있는 것은 점오(點烏), 즉 까막점이라고 불렀다. 갈색에 목털이 흐린 홍색, 날개에 두 줄의 검은 줄이 있는 것은 중(僧)이 입는 가사와 같다 해서 중으로 불렀다. 비둘기의 여러 별칭, 종과 종 사이의 교배 규칙과 좋은 비둘기를 판별하는 방법, 비둘기의 성질과 비둘기 집 만들기, 비둘기 꼬리에 매달던 방울과 비둘기 잡는 그물에 이르기까지 상세히 적었다. 유득공은 담배에 관한 이런저런 기록들을 체재를 갖추어 한 자리에 모은 『연경(烟經)』도 썼다. 유득공은 무엇이든 흥미로운 주제가 나타나기만 하면 자료를 널리 수집해서 꼼꼼히 분류하고 정리하는 수집벽과 정리벽이 있었다.

연암 박지원은 『열하일기』에서 청나라의 집과 성곽, 벽돌 사용 방법, 말[馬] 사육법 , 산천, 성곽, 배와 수레, 각종 생활도구, 저자와 점포, 도자기 굽는 가마, 언어, 의복 등등 보고 들은 바를 소상하게 적었다.

박지원 주변으로는 서얼, 이인, 광사 등 주류 바깥에 있는 재야 지식인들이 많이 모여들었다. 꽃에 미쳐 하루 종일 꽃만 바라보며 꽃그림을 그렸던 김덕형, 돌만 보면 벼루를 깎았던 석치 정철조, 담배를 너무 좋아해 아예 담배에 관한 기록들을 모아 책을 엮은 이옥, 『백이전』을 무려 1억1만3천 번 읽었다는 독서광 김득신, 스스로를 책에 미친 바보라 했던 서얼 출신 이덕무 등등이 그들이다. 김덕형은 꽃에 미친 사람이었다. 일년 내내 꽃밭 아래서 아침부터 저녁까지 계절에 따라 피고 지는 꽃술의 모양, 잎의 모습을 관찰하면서 이를 그림으로 그렸다. 그는 아침에 눈만 뜨면 꽃밭으로 달려갔다. 꽃 아래 아예 자리를 깔고 드러누워 하루 종일 꽃만 보았다. 아침에 이슬을 머금은 꽃망울이 정오에 해를 받아 어떻게 제 몸을 열고, 저물녘 다시 오므렸다가 마침내는 시들어 떨어지는 과정을 쉴 새 없이 관찰하고 그림으로 그렸다. 그리는 것만으로 부족해서 글로 옮겨 썼다. 손님이 찾아와도 혹 꽃이 피는 모습을 놓치게 될까봐 말도 시키지 말라는 표정으로 꽃만 바라보았다.

작은 물건, 사물에 대한 책들이 많다. 그런 책들은 독서 토론으로서 매우 유용하다. 『작은 물건들의 신화』(세르주 티스롱 지음)가 대표적인 책이다. 현금지급기, 리모컨, 핸드폰, 거울 등등의 사물을 추적하는 책이다. 『포크는 왜 네 갈퀴를 달게 되었나』(헨리 페트로스키 지음)는 유용한 물건들의 놀라운 탄생과 진화 이야기를 담은 책이다. 『질투하는 문명』(와타히키 히로시 지음)은 파피루스, 철, 커피, 소금, 철도, 운하 등 인류 문명의 발전에 영향을 미친 요소 285가지를 모아 분석한 책으로 사물 박물관에 해당한다. 내셔널지오그래픽의 『평범한 것들의 아주 특별한 역사』(존 톰슨 , 베탄 패트릭 지음)는 우리가 사용하는 많은 물건들이 어떻게 지금의 모습이 되었는지에 대해 설명해 준다. 빨간 열매의 겉껍질을 벗겨내고 볶은 다음 갈고, 물에 우려서 우리가 매일 소비하는 음료 커피를 최초로 만든 사람은 누구인지, 도대체 어떤 일이 있었기에 조그맣고 납작한 원반 모양의 단추와 구멍의 조합으로 옷을 여미게 되었는지 등 발명의 충동이 어떻게 발생되었고 왜 그 발명이 필요했는가에 대해 설명한다. 이 책은 그릇된 상식과 통념을 새롭게 조명해줄 뿐만 아니라, 기존에 알고 있던 상식과 지식의 빈 공간을 채워준다.

사물과의 대화를 통한 질문 수업!

주변에 있는 사물 중에서 하나를 골라 자신이 직접 사물이 되어 보고 대화를 해보는 기법이다. 이러한 활동을 통해 학습자들은 주변 사물을 자세히 관찰하는 습관을 갖게 되며, 모든 사물을 소중히 여기는 마음을 갖게 된다. 뿐만 아니라 다른 사물이 되어 보는 상상을 통해서 상상력을 기를 수 있다. 사물과의 대화를 활용함으로써 민감성과 유창성, 융통성을 기를 수 있으며, 사물과의 대화는 확산적 사고의 독창적인 생각을 효과적으로 만들어 낼 수 있다. 숟가락, 꽃, 볼펜, 책상, 가방, 신발 등등 아끼는 주변의 물건과 대화를 나누어 보자.

생각 떠올리기를 위해서는 브레인스토밍, 마인드맵, 범주 리스트는 거의 필수 과정이다.[9]

① **브레인스토밍** : 아이디어를 내놓는 동안 어떤 아이디어라도 절대로 비판하거나 평가하지 않는다. 아이디어가 비현실적이거나 터무니없는 것일지라도 모두 받아들여야 한다. 좋은 아이디어를 얻기 위해서는 가능한 한 많은 아이디어가 요구된다. 두 개 이상의 아이디어를 결합하여 제3의 아이디어를 이끌어 낼 수 있도록 한다.

② **마인드맵** : 핵심 단어나 이미지를 종이 한가운데 적어 넣는다(원이나

---

9) 창의인성 교육넷(http://www.crezone.net)의 〈창의·인성 수업기법 기본 자료집〉에서 인용하였다.

네모 활용 가능). 어떤 아이디어라도 판단하지 않고 자유스럽게 흘러나오게 한다. 이러한 아이디어를 핵심 단어로 나타낸다. 한 개의 선에는 한 개의 핵심 단어만 기록한다. 아이디어를 나타내는 핵심 단어는 중심에 있는 제목에 선으로 연결시킨다. 아이디어를 부각시키고 우리의 생각이 또 다른 연결을 쉽게 하도록 자극하기 위하여 시각적인 그림, 이미지 또는 기호 등을 사용할 수 있다.

③ 범주 리스트 : 어떤 주제나 대상을 여러 가지 시각에서 생각해 보게 함으로써 융통성을 개발시키기 위한 것이다. 다양한 아이디어들을 생성해 낼 때, 그리고 생성해 낸 아이디어들을 범주화시킬 때 이 범주 리스트를 사용한다. 특히 생각이 막히거나 잘 떠오르지 않을 경우 범주 리스트를 보고 생각을 떠올리면 된다.

'거울'과 대화를 나누어볼까? 거울 하면 떠오르는 생각들을 브레인스토밍으로 적어보자. 2013년 통합교과 토론 수업 시간에 진행한 내용이다. 학생들이 20분 동안에 자유롭게 떠올린 내용들이다.

『해리 포터』 시리즈에 나오는 '소망의 거울'이 떠오른다. 해리 포터가 거울의 방에서 만나는 '소망의 거울'에는 이렇게 써져 있다. 'Erised stra ehru oyt ube cafru oyt on wohsi.' 이를 거꾸로 읽으면, 'I show not your face, but your heart's desire.' 곧 '나는 네 얼굴이 아니라 네 마음의 소망을 보여준다'라는 뜻이 된다.

- 아프로디테의 거울처럼 자아도취적이다. '자백'의 거울이다.

'거울'이라는 사물과 대화를 나누는 수업을 진행했다. 베어먹지 않은 사과의 뒷면이 거울에 비친다. 마치 지구에서는 달의 뒷면을 우리가 보지 못하듯이.

- 이상의 시 「거울」이 떠오른다. 단절, 자아 분열을 의미한다.
- 샤갈의 〈거울〉이라는 그림이 떠오른다. 보랏빛 톤의 신비한 거울, 여자의 따뜻하고 평화롭고 아름다운 여성미를 드러내는 거울이다.
- 거울은 헛되이 보내는 시간이다.
- 거울은 등불이다. 시대의 등불이다.
- 베르사유의 '거울의 방'이나 백제 무령왕 청동거울은 권위, 태양, 생명을 의미한다.
- '귀감(龜鑑)'이라는 용어는 '거북과 거울'을 의미합니다. 거울은 본보기다.
- 백설공주의 '거울아 거울아 이 세상에서 누가 제일 예쁘니?'라는 문

장은 욕망을 의미한다. 백설공주 속 '거울'은 왕비의 자기 확인 욕구와 나르시시즘을 표출하는 것이다.

- 라캉의 '거울 단계'(상상계). 생후 6개월에서 18개월 사이 어린 아기는 거울 속에 비친 자신과 완전히 동일시하고 자신의 모습에 환호하는 것이다.
- 거울은 마법을 부린다. 주술사들이 거울을 가지고 점을 치기도 했다.
- 박남수의 시 「거울」의 거울은 소통, 정화, 성찰의 의미한다.
- 〈나는 네가 지난 여름에 한 일을 알고 있다〉라는 영화의 '당신이 모르는 것을 거울은 알고 있다'는 광고 문구가 떠오른다.
- 자동차의 백미러가 생각난다. 훔쳐보기, 몰래카메라, 안전거리 확보, 감시의 기능을 한다.
- 반사광, 빛, 신호라는 단어가 떠오른다.
- 거울 속의 나를 믿지 마라. 환영이다.
- 거울 속의 세상은 막연한 공포로 가득 차 있다. 거울을 보기가 겁나고, 두렵다.
- 거울 속에 있는 내가 거울 밖의 나와 사람들을 죽인다. 거울은 이중인격이다.

거울과 인터뷰하고, 거울을 취재하고, 거울에게 가족 이야기를 하고, 거울 속의 내 자신에게 사랑을 속삭이고……. 주변 사물 속에는 삶의 깊은 내면이 투영되어 있다. 역사와 철학과 과학이 들어가 있다. 사물과의 대화는 상상력을 자극하고, 솔직함을 자극한다.

Q06 예술가와 과학자는 일란성 쌍둥이다

PBL과 SMART 수업을 통해 신윤복, 김홍도, 사진, 광고를 넘나들었다. 천체 관측 응용 프로그램을 사용하여 예술 작품을 분석하기도 하였다.

문제 해결 학습(PBL)은 교사가 학생들에게 실제적인 문제를 제시해주고 이를 해결하는 데 있어서 필요한 기본적인 요소들을 제공해주며, 학생들은 교사가 제시한 실제적인 문제를 조별로 협동하여 창의적인 생각을 도출해내기 위해 토의하고 이에 대한 해결방안을 제시하는 것을 목표로 한다. PBL은 문제 해결을 위한 학습, 학습자 중심의 학습 환경, 그룹 활동을 중심으로 협동 학습, 자기주도적 학습을 통한 새로운 지식 습득, 교수자의 역할이 '지식전달자'에서 '학습 진행자 또는 촉진자'로 전환된 교수-학습 형태를 말한다. 이를 통해 학습자의 창의적 문제 해결능력을 키우는 데 적합한 교수-학습 형태라고 볼 수 있다.[10)]

10) 창의인성 교육넷(http://www.crezone.net)의 〈창의·인성 수업기법 기본 자료집〉에서 인용하였다.

스마트(SMART) 수업은 아이패드, 컴퓨터, 핸드폰 등등 스마트 기기를 사용하여 교육용 어플리케이션을 활용한 수업 형태를 말한다. 스마트 교육의 5가지 요소는 다음과 같다.

1) **Self directed(자기주도적)** — 학생들이 학습에서 만나게 되는 모르는 내용들을 확인하고 적용하는 모든 과정이 자기주도적으로 이루어질 수 있도록 한다.

2) **Motivated(흥미)** — 학생들이 배우는 주제에 흥미를 가질 수 있도록 내용을 구성한다.

3) **Adaptive(수준과 적성)** — 학생들이 자신의 수준에 맞추어 학습하고, 적용할 수 있도록 돕는다.

4) **Resource enriched(풍부한 자료)** — 각종 인터넷 포털사이트를 자유롭게 활용하여 필요로 하는 자료를 검색하고 활용할 수 있도록 한다.

5) **Technology embedded(정보기술 활용)** — movenote, QR코드, 구글 문서, 카메라 등 다양한 어플리케이션과 스마트 기기를 활용하여 학습할 수 있도록 한다.

나는 2013년부터 PBL과 SMART를 결합한 수업을 종종 실시했다. 몇 가지를 제시하면 다음과 같다. 수업준비물을 확인한다. 수업 준비물은 아이패드, 이어폰, 교과서, 필기도구 등이다. 자신의 조에 해당하는 내용에 QR코드로 접속하여 동영상 강의로 스스로 학습한다. 이는 거꾸로 수업 형태와 비슷하다. 그런 다음 학습한 내용의 보충 자료를 포털사이트를 통하여 검색하여 확인한다. 자신이 찾은 보충 자료를 카카오톡 조별 채팅방에 전송하여 서로 공유한다. 그런 후에 아이패드를 교실의 65

인치 UHDTV에 연결하여 조별 발표를 한다. 형성평가는 구글 문서에 들어가서 개별적으로 실시한다. 영재수업 시간에 실시한 매체활용 수업의 예를 간략히 소개하면 다음과 같다.

수업 주제	그림, 사진, 광고를 보고 제목 및 작가의 의도 상상하기
소주제	관련 교과
탐구1> 신윤복과 김홍도의 그림 비교 분석하기	문학, 미술
탐구2> 김재홍, Escher, 정승운, 달리 등등 예술가들의 그림과 목판화를 보고 제목 및 작가의 의도 상상해보기	미술
탐구3> 광고 20여 점을 보여주고 제목 상상해보기	국어, 사회, 미술
탐구4> 백남준의 작품 보여주고 서로 느낌을 토론하기	미술
수업 모형	문제 해결학습(PBL) +스마트(SMART)를 결합한 교수—학습 모형 적용 • 1단계 : 6개의 모둠으로 나눈 후 협동 학습을 실시 • 2단계 : 모둠별로 자료를 모아 Padlet 홈페이지에 기록하기, 모둠별로 QR코드 만들기, 1개 모둠은 프레지로 발표 자료 만들기. • 3단계 : 모둠별로 업로드한 자료를 살펴보기, QR코드를 스마트 기기 어플로 연결하게 하여 자료 즉각 공유하기. • 4단계 : 모둠별로 작성한 학습지 중에서 유익하고 재미있는 학습지를 태블릿 PC를 이용하여 동시에 전체 학생에게 보여주고 발표하기. • 5단계 : 발표 중에 자유토론하기 • 6단계 : 평가하기(형성평가는 구글 문서에 접속하여 확인 문제를 풀고 '보내기' 버튼을 눌러 제출한다.)

또 다른 예로 지구과학 수업을 들 수 있다. 우리 학교 과학 선생님은 '천체 관측 어플리케이션(SKY WALK2)을 활용한 창의성 신장 수업'을 실시하고 있다. 천체 관측 응용 프로그램을 통해 실내에서 천문 현

상을 관측하는 방법을 연습하였다. 또한 신윤복의 〈월하정인도〉와 알퐁스 도데의 『별』에 나오는 특정 계절과 시간대를 계산하였다. 예술·문학 작품 속에 나오는 다양한 천문 현상을 천체 관측 응용 프로그램(SKY WALK2)을 통해 확인하였다. 미술과 문학과 지구과학을 넘나드는 통합 교과 수업이 진행되었다.

● 탐구 활동 1 — 교실에서 바라보는 밤하늘

Ⅰ 오늘밤

- SKY WALK2 어플리케이션을 이용하여 오늘 밤하늘을 관찰하는 방법을 설명하고, 활동지에 따라 문제 해결(1~5번)을 할 수 있도록 한다. 이때 조원(2인 1조)끼리 협업을 할 수 있도록 한다.
- 학생들의 활동 내용을 카메라로 보여준다.

Ⅱ 생일날

- 생년월일을 묻고, 태어날 당시의 밤 하늘을 재현하여 관찰할 수 있도록 안내한 후, 활동지에 따라 문제 해결(6~9번)을 할 수 있도록 한다.
- 학생들의 활동 내용을 카메라로 보여준다.

Ⅲ 10월 3일 월식

- 도입 시 제시했던 10월 3일에 있었던 월식 현상을 재현해 보도록 하고, 이에 따라 문제 해결(10~12번)을 할 수 있도록 한다. 이때 12번은 직접 활동지에 간략하게 그릴 수 있도록 지도한다.
- 학생들의 활동 내용을 카메라로 보여준다.

● 탐구활동 2 — 예술·문학 작품 속에 밤하늘

Ⅰ 신윤복 〈월하정인도〉

- 간단한 작품 설명을 하고, 활동지에 따라 문제 해결(1~3번)을 할 수 있도록 한다.
- 조별로 학생들의 발표를 듣고, 이와 관련하여 토론할 수 있도록 한다.
- SKY WALK2를 통해 1793년 8월 21일 밤11시 50분경 월식 현상을 보여준다.

Ⅱ 알퐁스 도데 『별』

- 간단한 작품 설명을 하고, 활동지에 따라 문제 해결(4~6번)을 할 수 있도록 한다.
- SKY WALK2를 통해 계절별 별자리를 확인할 수 있도록 하고, 이를 바탕으로 작품의 배경이 되는 계절을 추측하게 하고, 작품 속에 천문학적 오류가 있는지 확인하도록 한다.
- 학생들의 활동 내용을 카메라로 제시하고, 그와 관련되어 토론할 수 있도록 한다.

SKY WALK2는 대표적인 천체 관측 응용 프로그램이다. 이를 통해서 250,000여 개의 천체를 찾을 수 있고, 달의 위상이나 유성우, 일출이나 일몰 시간, 고도 변화 등 다양한 천문 현상을 시뮬레이션 할 수 있다. 또한 태양계의 주요 행성의 특징을 쉽게 살펴볼 수 있는 장점이 있다.

주요 기능을 살려보면 • 실시간 하늘 보기(사용자의 위치 변화에 따른 현재 하늘의 모습을 보여줌.), • 증강현실(카메라를 통해 보여지는

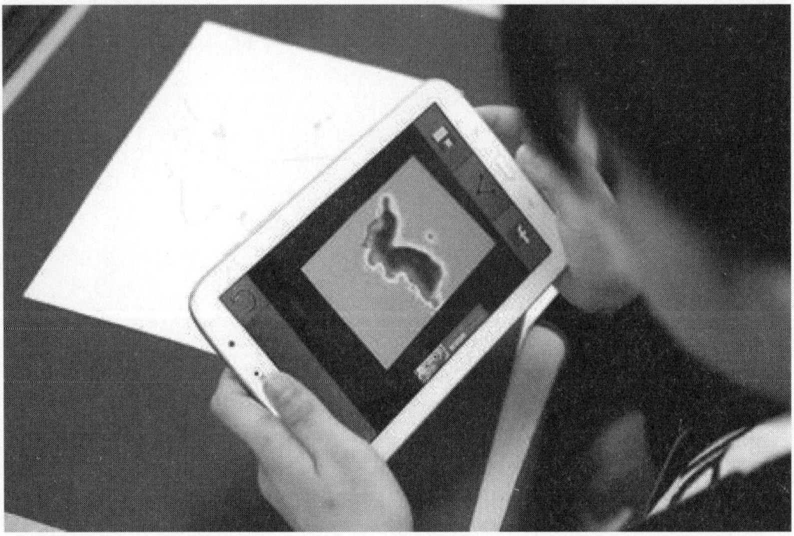

한 학생이 증강현실 앱을 활용하여 한반도의 지형을 구현하고 있다. 능숙 능란한 손길로 스마트기술을 이용하는 모습이 인상적이다.

실제 장면 위해 시뮬레이션을 겹쳐서 보여줌.), • 스펙트럼바(가시광선 뿐 아니라 다양한 파장 영역인 X선, 자외선, 적외선 등 관찰이 가능함.), • 타임머신 기능 (과거나 미래의 특정 시점의 밤하늘 관측이 가능함.), • 탐색 기능(별이나 별자리, 행성, 위성 등 관심 있는 천체를 쉽게 찾아줌.), • 달의 위상(특정 기간의 달의 위상을 관찰할 수 있도록 함.), • 야간 모드(실제로 야외에서 야간에 볼 수 있도록 적색 톤으로 그래픽이 나타남.), • 정보(관심 있는 천체의 정보를 제공하고, Wikipedia로 링크하여 더 많은 정보를 볼 수 있도록 함.), • 천문 사진(ESA나 ESO에서 촬영한 멋진 천문 사진을 제공함.), • 공유(스크린 샷을 트위터나 페이스북, 인스타그램이나 이메일에 저장· 공유 가능) 등이다. 역동적인 실감나는 시뮬레이션 수업을 진행할 수 있다. 질문과 감탄사가 저절로 튀어나오는 수업을 할 수가 있다.

Q07 아인슈타인과 함께 수업을 하다

가설 세우기 및 실험 설계하기는 최고의 질문을 창출할 수 있다. 질문이 펑펑 쏟아지는 수업이 가능하다. 그리고 학술적인 연구를 하고 있다는 지적 쾌감을 학생들에게 선사할 수 있다.

연구 가설을 세우고 실험 설계와 연구 변수를 통해 실험 결과와 함의(含意)를 끌어내는 일련의 연구 과정들을 고등학생들이 잘 해낼 수 있을까? 쉽지 않다. 하지만 무척 흥미 있어 한다.

'크기와 무게가 다른 유리구슬, 쇠구슬, 골프공, 탁구공을 원하는 지점에 도착할 수 있도록 자동 선별 장치를 개발하라'라는 공학 설계 및 구조 장치 개발을 하기 위해서는 여러 과학 원리를 적용하여 수십 번 실험을 해야만 한다. 시간이 많이 걸리는 연구 활동이다.

어떤 가설을 세우는 일은 호기심의 출발이다. '비행기의 수직 이착륙은 가능하다', '걷기는 창의력에 도움을 준다', '매미가 많을수록 온도가 높은 지역이다', '해가 서쪽에서 뜨는 행성도 있다', '미래가 과거에 영향을 미친다', '인간도 새처럼 자기장 감지 능력이 있다', '단식을 하면 건강

하게 오래 산다', '기분이 우울할 때 커피를 마시면 기분이 좋아진다' 등 등의 수많은 가설을 세울 수 있다.[11)]

이런 가설을 세우는 일은 그 자체로 재미있는 일이다. '가설 세우기', '실험 설계와 구현'을 놓고 모둠 수업을 진행하다 보면 수많은 아이디어가 쏟아진다. 질문이 봇물처럼 터진다.

인문사회영재수업 시간에 〈걷기는 창의력 향상에 도움을 준다고 한다〉는 가설을 어떻게 증명할 수 있는지 증명 방법을 설계하라는 활동을 했다. 그랬더니 비교집단은 '가만히 앉아 있는 사람', 실험집단은 '걷는 사람'으로 모든 조가 나누었다.

실험 방법은 천차만별이었다. '창의력'이 무엇인지, 그것을 어떻게 측정할 것인지를 놓고 수많은 토론과 질문이 오갔다. 독창성, 정교성, 융통성, 유창성, 민감성의 사고방식을 어떻게 가시적인 수치로 데이터화할 수 있을지를 놓고 갖가지 의견이 쏟아졌다. 그러다가 수렴적 사고 문항과 발산적 사고 문항을 실험집단과 비교집단에 풀어보라고 요구한다면 수치화가 가능하다는 결론에 도달했다. '한 단어의 다양한 용도를 무작위로 떠올리기'(발산적 사고), '연관성이 적은 세 단어를 연결하여 한 단어 찾기'(수렴적 사고)라는 문항을 제시한다면 창의성을 평가할 수 있다는 실험 방법을 도출한 모둠이 있었다.

동양인은 관계지향적이고 통합적 사고방식을 선호하고, 서양인은 개인주의적이고 분석적 사고방식을 선호한다고 한다. 이런 차이점은 쌀농

11) 이런 가설들은 YTN사이언스, 사이언스타임즈, 한국과학창의재단의 최신 기사에서 찾아내어 가공하는 경우가 많다.

학생들은 가설 세우기 및 실험 설계하기에 무척 흥미를 느끼고 지적 쾌감을 느낀다.

사와 밀농사와 밀접하다는 학설이 있다.[12] 이를 어떻게 검증할 것인지 검증 방법을 만들어보자는 수업을 진행했다. 이를 위해서는 먼저 벼농사 지역과 밀농사 지역을 보여주고, 그 지역의 인간성을 제시해야 한다. 그런 다음 '관계지향적 사고'와 '개인주의적 사고'를 어떤 방법으로 평가할 것인가를 구안해야 한다. 온갖 의견이 제시되었다. 그 중에서도 친구관계도, 친밀도, 인간관계망 그리기 실험을 통해 '나'를 어느 위치에 설정하는지를 살펴보는 실험을 하면 어느 정도 가능하다는 쪽으로 의견 접근이 이루어졌다. 또한 '통합적인 사고'와 '분석적인 사고'를 어떤 방법

12) 미국 버지니아대 심리학과 박사과정 학생인 토머스 탈헬름과 동료 연구자들은 서구인과 동아시아인 사이에 나타나는 심리적, 문화적 차이를 설명할 수 있는 새로운 가설을 제안했다. 소위 '벼농사 이론(rice theory)'으로 불리는 이 가설에 따르면 동아시아인들이 관계지향적이고 통합적 사고를 하는 이유가 벼농사를 지었기 때문이다.

으로 평가할 것인가 실험 방법을 만들어내야 한다. 어떤 물건을 어떤 식으로 분류하고 통합하고 쪼개는가를 살펴보면 통합적인 사고가 높은지 아니면 분석적인 사고가 높은지 알 수가 있다.

개와 고양이를 키우는 학생들이 많다. 개와 고양이가 인간을 바라보는 방식의 차이점을 몇 가지 찾아보는 실험 설계를 만들어보는 수업을 진행했다. 개와 고양이 중에 누가 더 지능지수가 높은가? 어떻게 실험을 할까? 학생들은 의외로 실험 설계를 빨리 만들어낸다. 동물 실험은 대부분 미로 찾기, 먹이 찾기라는 것을 알고 있다. 개와 고양이가 지켜보는 가운데 4개 상자 중에 1개 상자에 먹이를 숨기고, 20분이 흐른 뒤 먹이를 찾게 하는 방법을 구안한 모둠도 있다. 또 다른 모둠은 여러 갈림길이 나 있는 복잡한 미로 안에서 먹이 찾기 실험을 해보자는 의견을 제시했다. 또 다른 모둠은 인간이 개와 고양이에게 미로에서 먹이를 찾는 모습을 직접 보여주고 나서 실험을 하자고 제안했다. 장난감 이름을 가르쳐주고 여러 개의 장난감을 뒤섞어 놓은 다음에 원하는 장난감을 찾아오라는 실험을 구안한 학생도 있었다. 생명과학반 학생들은 대부분 해부를 통해 뇌의 구조를 파악하자는 실험 방법을 도출했다.

행동경제학은 고등학교 교육과정에서 활동 중심의 수업을 하기에 매우 매력적인 분야다.[13] 경제 실험! 경제 수업 시간에 교실을 실험실로 만들 수 있다. 수백 개의 경제 실험이 있다. 집단 동조 효과 실험, 신뢰 게임 실험 등등. '상대방의 호의에는 숨겨진 비용이 뒤따른다'는 가설의 진

13) 우리 학교 인문사회영재학급 학생들은 넛지이론이나 행동경제학 이론을 바탕으로 연구를 진행하여 창의적과제산출물을 완성하는 사례가 많다.

위 여부를 교실에서 실험을 할 수 있다. 똑똑한 학생들도 어리석은 결정을 내릴 수 있다는 것을 실험을 통해 증명할 수가 있다. '판단은 편향적이다', '작은 실수가 세상을 바꾼다', '상황이 판단을 좌우한다', '대중이 우수한 개인보다 낫다'는 것을 증명하는 실험이 교실에서 어느 정도 가능하다. 넛지 이론도 교실에서 한두 가지 실험을 통해 충분히 증명할 수가 있다.

가설 세우기 및 실험 설계하기는 최고의 질문을 창출할 수 있다. 질문이 펑펑 쏟아지는 수업이 가능하다. 그리고 학술적인 연구를 하고 있다는 지적 쾌감을 학생들에게 선사할 수 있다.

제2장

소통, 공감, 행복이 꿈틀거리는 질문법

Q08 불통과의 내통이 진정한 소통이다

학생들은 누구보다도 예술적 가치 추구에 대한 욕망이 크다. 예술적 가치는 탈규범과 전위를 추구하는 나쁜 본성을 긍정적으로 본다. 예술 수업의 질문들은 규범 이탈과 불통을 꿈꾼다. 불통과 내통하는 질문은 진정한 소통을 위한 과정인 것이다.

나는 최근 몇몇 시인과 얘기를 나누었다. '소통'과 '불통'이 화두였다. 굵직한 문학상을 수상한 어느 시인이 주장했다.

"나는 불통의 시야말로 진짜 시라고 생각합니다. 나는 기존의 의미를 철저히 거부하거나 통념화된 서정을 배제합니다. 진정한 시인은 어떤 사물에 내재된 일반화된 의미를 벗어나야 합니다. 새롭고 낯선 정서를 전위적으로 추구하는 경우 소통이 방해받을 수밖에 없습니다. 결국 불통입니다. 불통이야말로 시의 핵심입니다. 저는 불통의 시를 추구합니다."

나는 그 시인의 주장이 꽤 일리가 있다고 생각했다. 시 창작에 있어서 늘 따라붙는 화두는 '소통'의 문제다.

"그런데 이해가 안 되는 시들 중에도 이상하게 끌리는 시가 있단 말이야. 이해가 안 되는 불통의 시이지만 공감이 가는 매력적인 시야. 왜 그렇지?"

또는,

"쉽게 와 닿아. 쉬우면서도 감동을 주는 시야. 시는 굳이 어렵게 쓸 필요가 있나? 쉬우면서 감동을 주는 시가 좋은 시가 아닌가?"

결론적으로 말하면 양쪽 다 맞는 말이다. 시의 편차는 다양할수록 좋다. 시의 영역은 확장되고 팽창되어야 한다.

오늘날은 '불통'의 사회다. 물가는 천정부지로 뛰고, 전세와 월세 가격은 오르고, 소와 돼지는 죽어나가고 있다. 여당과 야당은 끊임없이 싸우고 불신한다. 온 세상이 불통의 도가니다. 아버지와 아들 사이에도 대화의 장벽이 더 높아진 듯하다.

자아도취도 불통의 원인이다. 자아도취는 벽을 쌓는 행위다. 고집도 불통의 원인이다. 고집불통이란 말이 그것을 여실히 증명한다. 듣지는 않고 제 말만 옳다고 주장한다.

이해관계가 복잡하게 얽히면서 갈등이 다양하게 분출하는 것도 불통의 원인이다. 정부는 '국민들의 뜻에 따라' 정책을 집행한다지만, 사람들은 '소통 없는 정부'를 비판한다. 소통만 있으면 어떤 문제든 해결의 실마리가 잡힐 것 같지만, 단지 서로의 입장 차이만 확인할 뿐이다.

사사로운 이해관계도 불통의 원인이다. 왜곡이 없어야 하는데 그렇지 못하다. 불투명한 사회, 불신의 사회, 극심한 세대차이나 빈부 격차로 인해 소통이 봉쇄되어 있다. 불평등과 불균형은 곧 불통과 유사한 개념이다.

소통과 불통을 이분법적으로 재단할 수는 없다. 예술 수업을 하는 교실은 의사 결정의 합리성과 정당성이 충족되기는 사실상 어렵다. 소통이건 불통이건 나름대로의 존재 영역과 가치가 존재하는 것이 아닌가 싶기도 하다. 다른 사람들이 미처 생각하지 못한 미래를 앞당겨 표현할 때 다른 사람들이 미처 생각하지 못했기 때문에 일시적으로 소통이 불가능할 수도 있다. 하지만 우여곡절을 겪은 후에 언젠가는 소통 가능한 영역이 될 수도 있다. 과거와 현재에 충실한 현실적인 학생보다 불확정적인 미래를 넘나들고자 노력하는 비현실적인 학생의 모습이 더 가상하고 가치 있는 일일 수도 있다.

예술적 가치는 탈규범을 추구하려는 나쁜 본성을 긍정적으로 보는 데 있기도 하다. 즉 광기를 긍정적으로 볼 수 있어야 하는 것. 광기를 지닌 자들의 언어를 잘 보면 비문이 수두룩하다. 불통의 언어에 가깝다. 환각 증세에서 뱉어내는 소리! 투사들의 절규하는 소리! 자폐증 아이의 꽁꽁 다물어진 자신만의 소리! 짜라투스투라는 이렇게 말했다고 외치던 어느 초인의 목소리! 뼛속까지 내려가서 쓰라고 외치던 골드버그의 외침! 그들의 목소리는 광기가 서려 있었고 규범 문법을 벗어난 문장을 사용할 수밖에 없었다. 규범 안에 갇힐 수 없었기에! 질 들뢰즈의 『천개의 고원』이나, 박지원의 『열하일기』는 무척 어려운 책이라서 쉽게 읽히지 않는다. 도무지 소통하기 어려운 책이다. 도무지 소통하기 어려운 책을 펼치고 소통될 때까지 반복해서 읽는 것, 이것이 공부라고 볼 수도 있다. 그래서 '소통이 안 되는 시'야말로 진정 뛰어난 시적 가치가 내재되어 있을 가능성이 많다고 생각한다. 부단히 불통의 시와 내통하다보면 나중에는 소통이 된다.

시가 쉬워야 한다거나 어려워야 한다는 것은 본질이 아니다. 그것은 일반 독자의 기대 심리에 불과하다. 시인은 그보다 더 본질적으로 접근해야만 한다. 김소월의 시는 쉬운 언어로 쉽게 쓴 시이다. 그런데 교사인 나는 읽을수록 점점 김소월의 시가 어렵게 느껴진다. 한용운의 시는 약간 어려운 시이다. 그런데 읽을수록 뭔가 쉽게 느껴진다. 이렇게 볼 때 쉽고 어려운 것이 문제가 아니다. 새로운 감각과 언어 표현이라면 소통의 시이건 불통의 시이건, 쉬운 시이건 어려운 시이건 모두 겸허히 공감하고, 받아들이고, 매력을 느낄 수 있어야 한다는 것. 쉽지 않은 일이지만.

그런데 정작 중요한 것은 소통 도구에 있다. 이념과 가치관의 차이로 불통의 시대에 살고 있다는 것은 억지일 수 있다. 그것은 핵심이 아닐 수 있다.

학생들은 소통하기를 원한다. 세상을 이해하기를 원한다. 자기 자신을 이해하기를 원한다. 불통이 가득한 세상에서 학생들은 소통을 위해 부단히 노력하는 존재들이다. 고등학생들은 소통의 달인이다. 불통의 시대는 곧 소통의 시대를 의미한다. 질문은 강력한 소통의 도구다. 질문에 대한 강력한 욕망! 의견 충돌이 생겨도 계속 질문을 하는 청소년들. 불편한 시, 불통의 시, 난해한 시, 암호 같은 시를 배우면서 소통을 깨우치는 수업! 새로운 감각과 언어 표현을 느끼자. 학생들은 누구보다도 예술적 가치 추구에 대한 욕망이 크다. 규범 이탈과 불통을 꿈꾼다. 불통과의 내통은 진정한 소통을 위한 과정인 것이다.

Q09 꿈을 질문하면 행복을 발견할 수 있다

만족감! 기쁨! 성취감! 꿈! 이런 단어가 들어간 질문을 던지면 학생들은 이런 단어의 의미를 탐색하게 된다. 질문을 통해 우울함을 날려버리고 행복을 발견할 수 있다.

게임 중독자인 제자를 피씨방에서 구출하는 일은 보통 어려운 일이 아니다. 매일 5시간 이상 게임을 하는 친구들이 학급마다 한두 명씩은 된다. 점점 게임에 몰두하다보면 공부에 대한 부담감을 잊기 위해서 게임을 하게 되고, 나중에는 모든 것을 집어던지고 게임에 몰두하게 된다.

어느 날 깊이 반성을 하고 하루 24시간을 30분마다 쪼개어 활동 내용을 점검하는 자기 점검 체크리스트를 만들고, 자기 관리 10계명을 읽고, 자기 관리 다이어리를 만들고 하지만 습관의 힘, 게임 중독의 힘은 대단하다. 얼마 지나지 않아 자기 관리 플래너를 모두 때려치우고 다시 게임에 몰두하게 된다.

그런데 이런 제자의 마음과 습관을 돌린 경험이 나에게는 있다.

게임방에 가서 녀석을 잡았다. 학교로 끌고 왔다. 엄하게 혼낼까 생각했지만 별로 효과가 없을 것 같았다.

"우리 내기하자. 다음 모의고사에서 국어 100점을 맞으면 내가 너에게 게임 100시간 할 수 있도록 해줄게. 밥도 다섯 번 사줄게."

나의 제안에 녀석은 어리둥절하다가 얼떨결에 그러겠다고 대답했다. 그때 나는 녀석을 무섭게 째려보면서 "국어 시험과 몇 그릇 밥 때문에 삶의 태도를 바꾸겠다면서 왜 너의 대학과 미래를 위해서는 태도를 바꾸지 않니?"라고 야단을 쳤다.

그 말에 녀석은 눈물을 흘렸다. 이후로 게임을 하지 않았다. 정말 신기한 일이었다. 나중에 들어보니 그때 그 말에 소름이 쫙 돋았고, 정말 뉘우쳤다고 한다.

질문하는 태도가 질문만큼 중요하다는 생각을 한다. '메라이언의 법칙'에 의하면 외모, 표정, 행동, 시선과 같은 시선 정보가 55%, 말투, 음색, 속도, 어투와 같은 청각 정보가 38%, 언어 자체의 의미인 언어 정보가 7%를 차지한다고 한다. 질문을 할 때는 질문자의 시선 정보와 청각 정보가 매우 중요하다. 맞장구와 끄덕임, 상대의 말을 반복해주는 태도, 확인하면서 바꿔 말하기, 상대와 시선을 맞추는 태도, 온화한 표정, 경청의 자세를 잘 갖추고 있어야 한다.

그런 후에 교사인 나는 꼭 이런 질문을 던진다.

"지금까지 살아오면서 성취한 일 중에서 가장 만족하거나 기쁜 일은 무엇이었니?"

만족감! 기쁨! 성취감! 자랑! 이런 단어가 들어간 질문을 던지면 학생들은 이런 단어의 의미를 탐색하게 된다. 남을 도와주었을 때, 성적이 올랐을 때, 산 정상에 올랐을 때, 자전거를 처음 배웠을 때, 백일장에서 상을 탔을 때 등등. 가장 큰 만족을 얻은 경험을 묻는 것은 상대방에게 매우 특별한 무언가를 들여다보기 위한 문을 열어주는 것이다. 이 질문은 두 사람 사이의 강력한 유대감을 만들어내는 촉매와도 같다.

"너의 꿈은 뭐니?"

사람들은 누구나 꿈꾸기를 좋아한다. 누구나 마음속에 꿈을 품고 살아간다. 산더미처럼 쌓인 책, 매일 반복되는 공부, 너무 바쁜 일상이라서 꿈을 꿀 여유조차 없어 보이지만 사실은 학생들의 가슴 속에는 꿈과 열정이 끓어 넘치고 있을 것이다. 꿈을 묻고 상대에게 진심어린 관심을 보여주며 경청한다면 상대와 더 가까워질 것이다.

학교 현장에서는 행동의 변화를 요구하는 질문을 해야 할 경우가 비일비재하다. 침 뱉지 말기, 복도 질서 지키기, 인사 잘 하기 등등. 설득하려면 지시적인 언어가 필요하다. 지시적인 언어에 강력한 힘을 실어주는 것은 공교롭게도 단호한 명령어가 아니라 질문이다. 설득을 하려면 질문이 가장 효과적이다. 다른 사람에게 지시를 받으면 자존심부터 상한다. 그래서 거부감을 느낀다. 남을 설득하려면 설득하려는 의도를 직접적으로 드러내기보다는 질문을 통해 상대가 스스로 고민하고 선택할 수 있는 여지를 주어야 한다.

교사와 학생은 사제지간이다. 스승은 제자의 약점을 도와주거나 고치기를 요구하는 언어를 자주 사용한다. 상대방을 통제하려는 생각이 작용하면서도 다른 한 편으로는 상대방과 잘 연결되려는 생각이 작동한

상대의 의견을 직접적으로 반박하기보다는 근본적인 가치관에 동요를 일으키는 근원적인 질문을 던져야 한다.

다. 이것이 데보라 테넌이 말한 '친밀한 비평'에 해당한다. 친밀한 관계이면서도 지시적인 언어를 많이 사용하는 것이다. 이런 양면성은 진정성이 중요하다. 수업 시간에는 칭찬의 언어와 통제의 언어가 균형을 이루어야 한다. 통제의 언어가 앞서면 학생 중심의 수업, 자발적인 참여 수업을 기대하기 힘들다. 발산적인 질문도 기대하기 어렵다.

대화는 정보 공유와 친교 유지 기능을 갖는다. 수업 시간에 교사와 학생 간에 주고받는 질문과 발문도 두 가지 기능을 갖는다. 어느 쪽이 더 좋고 덜 좋은 문제가 아니다. 정보성과 친교성이 적절히 안배되어야 한다. 정보 중심 대화를 나누면서 사제지간의 친교 유지 대화도 섞어야만 한다. 상대방은 기분이 별로 안 좋은데 정보 중심의 질문을 퍼붓는다면 오히려 그 수업은 역효과가 날 것이다.

남자와 여자의 대화법도 차이가 난다. 남성들은 힘과 격식을 사용한다면, 여성들은 친화력을 대화의 무기로 사용한다. 여성이 정중한 말을 더 많이 사용한다. 여성이 감탄사를 더 자주 사용하고 상대방을 배려하고 칭찬하고 체면을 세워주는 언어를 남자보다 더 많이 사용한다. 가족 호칭도 더 많이 사용한다. 부가의문문도 더 많이 사용한다. 여성들의 대화 기법이 더 세련되었다고 볼 수 있다. 반면 자기 확신과 자신감의 언어와 판단력의 언어는 남자들이 더 자주 사용한다. 이런 점도 고려를 하면서 질문을 해야 할 것이다.

Q10 웃음은 최고의 질문 촉진제다

펀(fun)이 넘치는 교실! 펀(fun)이 넘치는 얼굴! 웃음이 넘치는 교실을 만들자. 질문은 개그콘서트다. 웃음은 최고의 질문 촉진제다. 미소는 자신감의 표현이다. 웃음은 최고의 수업이다.

나는 교사 생활을 하면서 모든 사범대학에 필수과목으로 레크레이션이 있어야 한다는 생각을 절실하게 느끼고 있다. 스팟! 꽈배기 게임, 스트레칭 게임, 이건 뭐지 게임, 집어놔 게임, 위로아래로 짱 게임 등의 게임을 활용하면 훨씬 재미있는 수업이 되리라 생각한다. 졸릴 때, 딴짓할 때, 떠들 때, 너무 조용할 때, 의기소침할 때 분위기 전환으로 게임만큼 효과적인 것은 없다. 유머! 교사는 유머를 잘 구사해야 한다. 교실쯤이야 웃음바다로 만들 수 있어야 한다.

"보낼 수 없어." "그럼 주먹 낼까?"

"사랑." "5랑 더하면 9지?"

"술은 인류의 적이기 때문에 모두 마셔서 없애야 합니다. 그렇죠?"

"내가 군대에 있을 때 수요일마다 전투체육을 했거든. 연병장에서 전투축구를 하는데 느닷없이 황소가 뛰어와서 나를 들이박는 거야. 얘들아, 누가 넘어졌을까?"(당연히 소! 속아 넘어졌지?)

'사우나 가서 사우니?(싸우니?), 자가용이 너무 자가용(작아용). 비키니 입은 사람은 다 비키니?, 고로케가 고로케 맛있니?, 오렌지 먹은 지 얼마나 오렌지(오래인지).' 등등 유머러스한 말 한마디가 천 마디 말보다 감동이 크고 효과가 크다.

교사는 한 번 말하고, 두 번 듣고, 세 번 맞장구치는 사람이어야 한다. '사람의 귀는 두 개이고 입은 하나인 것은 타인의 말을 잘 들으라는 것이다'라는 탈무드의 구절은 교사에게 해당되는 말이다. '말을 잘 한다, 귀에 쏙쏙 들어온다'는 것도 교사의 능력이지만 학생의 말을 잘 들어주고, 끄덕여주고, 맞장구를 쳐주는 능력이 더 중요하다. 물론 발표와 토론 중심의 수업을 해야 하고, 상담을 많이 해야 한다는 전제가 깔려 있다.

제대로 경청하기 위해서는 말하는 학생을 중심에 놓고 그의 입장을 존중해주려는 자세가 무엇보다도 필요하다. 학생이 수업시간에 발표를 하거나 말하는 시간에는 교사가 중심이 아니라 학생이 중심이라는 사실을 잊어서는 안 된다. 수업 시간에 누가 더 많이 말을 해야 하는가? 수업 제재와 교수 방법에 따라 차이가 있겠지만 나는 교사가 5분을 이야기하면 학생들도 5분 정도 이야기할 수 있는 수업이 되어야 한다고 본다.

그리고 경청하는 교사는 학생의 눈빛과 자주 마주쳐야 한다. 상대방의 눈을 마주치는 순간 심리적인 연결고리가 형성된다. 마음이 통한다는 것이다. 아이 컨텍(Eye contact)은 의사소통의 핵심이다. 잘 들어주는 교사는 칭찬을 잘 한다. 칭찬의 시작은 쉽지 않지만 칭찬의 방법은 생각보다 단순하다. 엄지 하나만 들어주면 된다. '잘 했어.' 한마디면 족하다. 칭찬할 게 없다면 '목소리가 좋은데', '미남이구나'라는 말도 좋다. 그냥 스치면서 흘려지나가는 말투로 칭찬을 해도 좋다. 학생들은 느닷없는 그 한마디의 칭찬에 감동한다.

잘 들어주는 자세는 비단 수업 시간에만 필요한 것은 아니다. 핸드폰으로도 잘 들어주어야 한다. '감동인데', '고마워', '사랑해'라는 짧은 문구를 다양한 매체를 통해서 학생들에게 보내야 한다. 그것이 잘 들어주는 능력이다.

교사에게 가장 크게 요구되는 또 하나의 능력은 미소 짓기 능력이다. 세계적인 음악 코미디언이었던 빅터 보르게는 "웃음은 두 사람 사이의 가장 가까운 거리"라고 했다. 웃음은 우리 몸의 T세포의 균형을 정상화함으로써 몸이 최적의 상태를 유지할 수 있도록 도와준다.[14] 또한 웃음은 크게 웃으면 신체의 모든 기관이 자극을 받고 활성화된다. 심장박동수가 짧은 시간에 증가하고 혈중산소량이 증가하여 온몸에 맑고 깨끗한 혈액을 내보낸다.

웃음만한 명약도 없다. 쾌활하게 웃으면 우리 몸의 650개 근육 중 최대 231개의 근육이 움직인다고 하며 안면 근육 80개 중 최대 15개가 움직인다고 한다. 20분 동안 웃는 것은 3분 동안 격렬하게 노 젓는 운동과 맞먹는다. 10~15분을 웃을 경우 10~40kcal가 소모된다고 한다. 몽테뉴는 '지혜로움을 나타내는 가장 분명한 표현은 명랑하게 웃는 얼굴이다'

14) 웃음 내용은 〈한국웃음치료교육협회〉 사이트에서 자료를 일부 인용했다.

고등학생 아들과 40대 중년의 엄마가 서로 함박웃음을 나누는 일은 쉽지 않다.

라고 말했다. 웃으면 웃을 일이 생긴다. 미소는 두 사람이 가장 가까워지는 지름길이다. 미소는 최고의 화장술이다. 미소는 긍정적인 마음이다. 미소는 자신감의 표현이며 믿음의 표현이다.

웃음은 최고의 수업이다. 웃음이 없는 수업은 최악의 수업이다. 수업 시간마다 최소한 3번은 웃음폭탄을 터트리자. 교사가 광대가 되어야 웃길 수 있다. 교사는 학생들이 즐겨 쓰는 농담이나 은어를 역이용할 줄도 알아야 하고, 흥얼흥얼 노래도 부를 줄 알아야 하고, 코미디언처럼 스스로 바보천치로 둔갑할 수도 있어야 한다. 교탁을 웃음 발전소로 만들어야 한다. 즐거운 요소를 자꾸 만들자. 언어유희를 즐기자. 수업 시간에 느닷없이 웃음이 터지는 때가 있다. 순식간의 일이다. 〈춘향전〉 사랑가 대목을 발림을 곁들여 신나게 설명할 때다. 어금니에 힘이 들어간 사이 부지불식간에 방귀가 새어 나왔다. 40명의 학생들이 쏟아내는 수천 개의 웃음소리가 교실에 부딪치며 탁구공처럼 쏜살같이 튕길 때, 아! 우리의 입은 웃음 항아리다. 웃음을 퍼내도 줄지 않는 마술 항아리가 우리의 입이다.

"선생님만 보면 웃겨요."

칭찬인지 욕인지 구별이 잘 안 되는 이런 말을 학생들로부터 나는 종종 듣는다. 수업이 재미있고 사는 게 재미있단다. 싫지 않다. 웃기는 선생이 되자.

Q11 SNS는 새로운 형태의 질문이다

카카오톡, 페이스북 등을 적극 활용하는 교사에게 학생들은 문화적 동질감을 느끼면서 마음의 벽을 허물고 자연스럽게 접근한다. SNS의 가장 큰 장점은 신속, 쌍방향 소통, 참여이기 때문이다.

한때 잠시 페이스북에 〈썰렁당〉이라는 방이 마련되었다. 시인들만이 드나들 수 있다. 시인들은 누구보다 언어에 대한 자존이 강하다. 염결성과 언어의 품격을 지키고 고양해나가는 일에 매진하는 존재들이다. 그런 시인들이 모여 언어의 품격을 파괴한다. 조롱과 비꼼의 언어를 양산한다. 언어유희가 넘친다. 시인들은 언어가 지니고 있는 권위와 기존의 가치를 묵살하거나 해체하기를 꿈꾼다. 〈썰렁당〉에서 언어는 품격이나 예의보다는 자유와 자기 학대를 추구한다. 댓글은 존엄한 창작의 정신이 아니라 푸념이나 너스레 수준에 가깝다. 페이스북에서 세상을 조롱하는 광대 역할을 즐겁게 수행하고 있다. 모두 자발적인 열성당원들이다.

SNS 시대로 접어들면서 많은 정보들이 '인포테이너

아이패드의 카메라 기능을 활용하여 모둠 활동 내용을 화면으로 보여주며 즉각적인 상호 작용 수업을 하고 있다.

(information+entertainer)'의 성격을 띠면서 '자유 형태(freeform)'가 되고 있다. 부의 분배, 복지, FTA, 전염병 등등에 이르기까지 우리 사회 주요 논쟁은 학계보다 SNS 공간에서 더 빨랐고 더 뜨거웠다. SNS는 대중을 담론의 장으로 끌어들였고, 동시에 흥분시켰다. SNS에는 수많은 논객이 존재하고 집단 지성을 만든다.

그렇다면 SNS의 핵심 주역인 고등학생들은 어떨까? 고등학교 교육 현장은 어떠한가? 고등학교는 대한민국 지성의 현장일까?

학생들은 지식의 원천으로서 지식인이나 그들이 편찬한 백과사전이나 교과서보다 먼저 SNS를 즉각적으로 활용한다. 국어사전, 영어사전을 가방 속에 들고 다니는 학생은 거의 없다. 고 3 교실은 인터넷 강의를 듣는 학생들이 학급당 30%를 넘는다. 그것을 말릴 수 없다. SNS는 최고의 믿음직한 지식거래소인 것이다. SNS의 장단점을 토론하기 위한 자료를 그들은 SNS를 통해서 즉각적으로 얻는다. 그것을 규제할 수는 없다.

나는 〈SNS 규제, 약(藥)일까, 독(毒)일까〉라는 논제로 교내 토론 대회를 개최한 적이 있었다. 총 34개 팀 102명이 참가해서 열띤 토론을 벌였다.

미디어로 잘못된 정보나 음란한 정보가 유포되면 선량한 시민이 피해를 당한다는 둥, 누군가 정보를 가공하여 특정 관점으로 도배하면 음모론이 기하급수적으로 확대 재생산된다는 둥, 사생활이 침해되고 명예가 훼손될 가능성이 크다는 둥, 악성코드가 전염된다는 둥, 수준 낮은 정보가 폭발적으로 증가해 질 높은 정보를 차단하는 역효과가 발생한다는 둥, 생각이나 이념이 같은 사람들끼리만 뭉치는 끼리끼리 문화를 만들어 사회적 연대를 방해할 수 있다는 둥. 페이스북에 중독된 학생들은 지나치게 자기를 사랑하고 자기중심적인 사람이 되며, 수업을 빼 먹을 가능성이 높고, 공부에 정신을 집중할 수가 없고, 문자메시지를 많이 보내게 되고 그만큼 부모와 소통할 시간은 줄어들고…….

하지만 이로운 점이 더 많다는 쪽으로 학생들은 주장을 편다. 타인과의 교류에 도움이 되며, 학업 및 이성 문제로 고민이 생겼을 때도 조언을 구할 수 있으며…….

고등학교 현장에서 건전한 지식인을 사회에 배출하거나 상급학교에 진학시키는 역할을 담당하고 있는 나로서는 SNS 시대의 권력 이동은 교사로서의 생존의 문제이며 수업 방법의 개선과 교육 철학의 변화에 대한 근본적 성찰을 의미하는 것이다.

2014년 12월 14일부터 12월 24일 사이 열흘간 카카오톡으로 203여 건의 채팅을 했다. 학급 밴드를 만들어서 하루에 1건 정도는 올리고 있다. 페이스북에도 제자들이 하루에 두세 명씩은 친구 요청을 한다. 그렇게 연결된 제자들이 백여 명을 넘고 있다. 생각하지도 못했던 엄청난 인맥 연결이다. 하루에 1시간 정도는 페이스북에 할애를 해야 할 지경이다. 격식이 없는 대화가 너무 많아지고 있다. 의사소통이 이렇게 빨라도 되는 것인지 의문이 들기도 한다. 인간관계가 너무 쉽고 빠르게 형성된다는 생각을 하기도 한다. 나도 모르는 사이에 스마트폰을 쓰는 인류, 스마트포노이드(Smartphonoid)가 되어가고 있다.

이왕 이렇게 된 이상 스마트폰을 교육에 적극 활용해볼 생각이다. 모든 과학 문명은 어떻게 사용하느냐에 따라 독이 되기도 하고 약이 되기도 하는 것이 아닌가. 역기능보다는 순기능을 부각시키는 것이 교육자의 기본 자세가 아닐까. 학생, 학부모, 교사를 잇는 SNS로 교실 문화를 바꿔볼까. 스마트폰 앱으로 공지사항, 알림장 등을 알려보자. 카카오톡으로 학생들의 학교생활이나 불만사항을 들어보자. 스마트폰을 이용해 학생들을 칭찬해보자. 그리고 학생들에게 '착한 일'을 찍어 교사에게 사진을 보내도록 해보자.

'청소년 집단따돌림(왕따)' 문제도 스마트폰 앱을 통해 약간의 해결책을 제시할 수 있으리라고 본다. 핸드폰을 강제 규정하고 압수하는 학교 문화 속에서 학생들은 교사와의 소통을 멀리 한다. 그것은 단절이고 벽이다. 마음의 벽이 높으면 소통은 이루어질 수 없다. 왕따나 교내 폭력은 일상적으로 일어나고 있다. 하지만 친구들은 그 사실을 어디다 하소연하지도 못하고 신고는 더더욱 꿈도 못 꾼다. 곧바로 보복을 당하기 때문이다. 친한 친구에게 털어놓으면 그 친구까지 괴롭힘을 당하는 상황에 처하기 때문이다. 왕따와 괴롭힘을 당한 학생은 혼자 겪게 되는 철저한 외로움과 괴로움을 어디 한 군데라도 토로할 곳이 없다. 카카오톡, 페이스북 등을 적극 활용하는 교사에게 학생들은 문화적 동질감을 느끼면서 마음의 벽을 허물고 자연스럽게 접근할 것 같다. 자신의 괴로움과 소외감을 어떤 형식으로라도 표현하려고 할 것이다. 왜냐? 페이스북에서는 교사와 학생도 모두 친구이기 때문에. 교사는 믿음직한 친구이기 때문에.

우리 시대는 여러 방면에서 불통의 시대다. 그렇지만 다른 각도에서 보면 다양한 방면에서 소통이 가능한 시대다. 나는 교육 현장에 종사하는 사람으로서 제자들의 소통 방식을 옹호한다. 젊은 세대들은 소통의 달인이다. 그들에게서 희망을 본다. SNS의 가장 큰 장점은 신속, 쌍방향 소통, 참여이기 때문이다.

Q12 질문은 학생이 만들어야 한다

학생들 스스로 질문을 만들고, 친구들에게 질문을 하면서 수업을 하게 하면 어떨까? 질문을 만드는 일은 작품을 이해하는 과정이고 알찬 공부 방법이다.

질문은 누가 만들어야 하나? 대다수의 교사들은 "질문은 교사가 만든다"고 한다. 학생들 스스로 질문을 만들면 엉뚱한 질문, 삐딱한 질문, 수업에 방해되는 질문을 만든다는 것이다. 하지만 정말 그럴까? 향가 「헌화가」 수업을 했다. 학생들은 몇 개 정도의 질문을 만들까가 궁금했다. 그랬더니 무려 30여 개의 질문을 만드는 것이었다. 그리고 수업을 방해하는 질문은 없었다.

학생들 스스로 질문을 만들고, 친구들에게 질문을 하면서 수업을 하게 하면 어떨까? 질문을 만드는 일은 작품을 이해하는 과정이고 알찬 공부 방법이다. 질문은 궁금증이다. 질문은 호기심이다. 질문은 창의성이다. 질문은 소통이다. 질문은 참여다. 질문은 표현이다. '묻는 것'은 만들고 해결하는 과정이다.

질문을 게임처럼 진행하는 것이다. 일명 〈질문 게임 수업〉이 된다.

교사는 학생들에게 질문을 가급적 많이 만들도록 유도한다. "개인별로 3개 이상 질문을 만드시오", "모둠별로 8개 질문을 모으시오" 등등의 과제를 제시한다.

질문을 중요도에 따라 별을 1개, 2개, 3개, 4개로 표시한다. 또는 상중하로 표시한다. 그렇게 난이도 조절을 한다. 질문을 작성했으면 모둠별로 답을 맞추도록 한다. 아니면 다른 모둠에게 질문을 해서 대답을 유도하고 토론 수업을 진행한다.

향가 「헌화가」를 질문 게임으로 수업을 진행했다. 거기서 나온 질문의 일부이다.

- 왜 소가 나오는가?
- 소를 끌고 가는 노인은 누구인가?
- 노인은 몇 살이고, 수로부인은 몇 살인가?
- 왜 꽃인가?
- 늙은이가 다른 남자의 젊은 부인을 꾀기 위해 절벽 위에 올라가 꽃을 꺾어 바치겠다는 상황 설정에 대해 어떻게 생각하는가? 늙은이는 미친놈인가? 아니면 멋진 인물인가? 사랑엔 나이가 장벽이 될 수 있는가?
- 노인은 절벽을 탈 만큼 엄청 건강했을까?
- 패러디를 한다면?
- 노인은 탐미 의식이 있는가?

- 수로부인은 탐미 의식이 있는가?
- 노인과 수로부인의 신분은?
- 늙어서도 누군가를 위해 헌화가를 지어 바칠 수 있는가?
- 이 작품은 불륜인가? 아니면 뛰어난 작품인가? 불륜이라면 뛰어난 작품이 아닌가?
- 신라인의 미의식은 독특한 것 같다. 어떤 면이 그런가?
- 신라 제33대 성덕왕(8세기) 때의 노래를 왜 15세기 표기로 번역을 했나?
- 고구려, 백제, 고려, 조선에도 이런 내용의 노래가 있나?

모둠별로 질문을 10개 이상 만들어낸다. 질문의 중요도를 정한다. 별 다섯 개 질문, 별 두 개 질문 등등. 상대 모둠과 마주 앉아서 질문 알아맞히기 게임을 한다. 맞춘 문제의 별 개수를 확인한다.

옛날 선비들의 심심풀이 공부법으로 파자(破字) 놀이가 있었다. 예를 들면 다음과 같다.

● 셋만 모이면 물건이 되고, 복판에 십자가를 품으면 광야가 되는 글자는?

① 土 ② 日 ③ 口 ④ 木

● 김삿갓이 어떤 선비의 집으로 찾아가 이야기를 하다 보니 식사 때가 되었다. 하인, 주인, 김삿갓 삼인의 대화이다.

하인 : 人良且八(食且) 하오리까? (밥상 차릴까요?)

주인 : 月月山山(朋出)하거던. (친구 가거든. 친구의 말이 하도 어이가 없어)

삿갓 : 犬者禾重(猪種)이로군. (돼지 같은 놈이로군)

삿갓 : 丁口竹天(可笑)이구나. (웃기는구나)

이런 파자 놀이도 질문 게임의 한 방법이라고 볼 수 있다.

〈모둠 대항 퀴즈 게임〉이 있다. 특히 어떤 작품을 읽고 ○ × 퀴즈를 할 수도 있다. 책은 다양한 수업 방식과 연결시킬 수 있다. 요리책을 읽고 직접 요리를 할 수 있다. 소설책을 읽고 소설의 인물이 된 것처럼 상상하고 가상 면담을 하거나, 연극을 하거나, 독서 퀴즈 대회를 열 수 있다. 모둠원끼리 상의해서 2개의 질문거리를 만들고, 한 명 당 한 장씩 포스트잇을 나눠준 뒤 각자가 생각하는 답을 쓰라는 수업을 할 수 있다. 5분이 지나면 포스트잇을 한 데 모으고 서로의 생각을 이야기하며 생각을 합치는 것이다. 책을 읽고 궁금한 점, 책에서 인상 깊었던 점 등등을 토의하고, 서로의 생각을 합치는 것이다.

책 읽고 대화하는 활동이 충실하게 진행되려면, 학생들이 좋은 질문을 만드는 힘을 가지고 있어야 한다. 질문 만들기 〈모둠 대항 퀴즈 게임〉을 해보는 것이 어떨까. 모둠 대항 퀴즈 대회는 10분씩 2회 퀴즈 게임을 진행하고 별점을 합산하여 우승 모둠을 선정하는 방식으로 진행한다. 모둠원 4명 중 한 명을 출제자로 선정하도록 하고 각 모둠의 출제자를 다음 모둠으로 건너가 퀴즈를 출제하도록 한다. 제한시간 10분을 정해두고 그 동안 맞힌 문제의 별점을 세어 채점한다.

Q13 시 영상 제작 수업은 아름다운 질문이다

시인, 배우, 영화감독이 되어보자. 연출을 하자. 동영상 제작 과정에서 수백 가지의 질문이 쏟아진다. 예술 작품의 탄생은 질문의 연속이다.

우리 학교는 해마다 〈윤리 UCC 발표 대회〉, 〈역사 UCC 제작 대회〉 등의 동영상 제작 발표대회가 있고 많은 학생들이 참가해서 수준 높은 작품을 선보이고 있다. 학생회나 홍보부에서는 〈학교 홍보 동영상 제작 모집〉 등의 활동을 한다.

영상 수업의 가장 좋은 점은, 모든 학생을 주인공으로 만들어 준다는 것이다. 잠깐이라도, 화면에 커다랗게 자신의 얼굴이 나오는 그 순간 그 아이는 수업의 주인공이 된다. 조는 학생이 없다. 내가, 내 친구가 수업의 주인공이니까 매우 격한, 적극적인 반응을 보인다. 시 영상 제작을 통해 스스로 주인공이 되어 시를 다시 읽으니, 시가 새롭게 넓게 깊게 보이지 않을 수가 없다. 영상물이 어설프고 엉성해도, 그 나름의 매력과 재미가 더해진다.

수업은 개략적으로 다음과 같이 진행을 하면 된다.[15)]

1) 첫째 시간 : 이론 설명, 콘티 작성

모둠원 네 명이 콘티, 촬영, 편집, 주인공 역할을 나누어 맡는다. ① 이끎이(감독 및 촬영), ② 기록이(콘티 작성, 꼼꼼한 학생), ③ 큰입이(주인공 역할), ④ 나름이(소품 준비 등의 조력)로 역할을 나눈다. 기록이에게는 가산점 부여를 약속해야 한다. 다른 학생에 비해 해야 할 일이 많기 때문이다. 함께 만들 시를 고르고, 콘티를 작성한다. 학생들에게 "감정을 알려주고 싶으면 가까이서 찍고, 상황을 알려주고 싶으면 멀리서 찍어라. 시 한 편에 대한 영상을 만들려면 사진 8장면 이상이 포함되어야 한다. 영상 길이가 4분을 넘으면 안 된다. 시의 내용과 잘 어울리는 음악을 배경 음악으로 넣어라. 시를 자막으로 넣어 직접 제시해라. 모둠의 모든 학생이 한 장면 이상에 반드시 등장해야 한다"라고 먼저 조목조목 안내를 한다.

백석의 시 「나와 나타샤와 당나귀」라는 작품을 영상시로 제작하기 위한 계획서를 세워보자.

하얀 눈이 소복하게 내리는 바깥 풍경(밤풍경)을 제시한다.
— 나는 가난한 청년의 모습을 하고 있다.
— 바깥 풍경은 대원각 길상사로 한다.

---

15) 2014년 전국국어교사모임 겨울연수 자료집에 〈시영상 제작 수업〉과 〈교사가 지치지 않는 국어 수업〉, 〈물꼬방〉의 송승훈, 김병섭, 김영희 선생님의 수업 방법을 참고하였다.

혼자 소주를 마시는 주인공의 모습을 클로즈업으로 처리한다.
주인공 생각 속의 눈, 당나귀, 여인을 하얀 색의 이미지로 제시한다.
흰 당나귀의 모습을 환상적으로 처리한다.
환상 속에서 여인(나타샤 = 자야 김영한)이 주인공에게 말을 건네는 장면을 삽입한다.
아름다운 여인의 이미지를 하얀 눈과 중첩되게 제시하고, 당나귀의 울음소리를 음향 효과로 삽입한다.

이때 주인공인 시적 화자를 어떤 헤어스타일을 하고, 어떤 옷을 입은 것으로 할까? 여인은 어떤 옷을 입고 있는 것으로 할까? 눈 내리는 바깥 풍경은 어디에서 찍을까? 등등 재미있는 협의 과정을 거치게 될 것이다. 또한 "산골로 가는 것은 세상한테 지는 것이 아니다. 세상 같은 건 더러워 버리는 것이다"는 누가 말한 것으로 처리해야 하나? 나타샤가 시적 화자의 귀에 고요히 속삭이는 소리로 해야 하는가, 아니면 시적 화자가 혼자 독백을 하는 것으로 처리해야 하는가를 두고 실랑이를 벌일 수도 있다. 이렇게 수많은 질문이 쏟아진다.

무슨 프로그램으로 동영상을 제작을 할까? 윈도 기본 프로그램에 포함된 Window Movie Maker를 사용하면 충분히 만들 수 있다. 자막 작성은 윈도7에 탑재된 프로그램인 Live Maker가 더 좋다. 베가스2, 마이 널컷 프로, 로직 프로그램을 사용할 수도 있다.

2) 둘째 시간 : 콘티 완성, 점검, 수정, 촬영 시작

콘티 만들기를 통해 미리 장면 구성을 하면 이야기의 뼈대가 잡힌다. 첫 장면에서 대화하는 상황이 나온다면 그 다음 장면에선 눈이 크게 나오거나 입이 크게 나오거나 하는 방식의 달라진 화면 구성이 나타나야 함을 교사는 안내한다. 8개의 장면을 만들기 위해 학생들은 정말 열심히 시를 읽는다. 그림과 콘티가 좀 엉성해도 학생들이 잘 해낼 수 있다는 의욕을 보이면 믿고 맡기는 것도 좋다. 대화를 나누어 학생이 무언가 알맹이를 쥐고 있다고 느껴지면 그냥 보내자. 촬영을 하면서 스스로 깨닫는다. 자신의 모자람을. 그리고 생각한다. 무엇이 부족한 걸까?

3) 셋째 시간 : 모둠별 촬영

교실, 혹은 학교 안을 자유롭게 다니면서 촬영하도록 한다. 모자란 부분은 모둠별로 각자 해결하도록 한다. 우리 학교는 창체 시간에 전문 예술 강사가 오셔서 '영상 제작'을 가르친다. 학생들은 영상 제작 능력을 어느 정도 구비했기 때문에 시 영상 제작을 어렵지 않게 해낸다. 동영상을 바로 찍어 영상물을 만드는 것보다 사진을 찍어 이어붙이는 것이 완성도가 높게 나오는 경우도 있다. 동영상 촬영을 할 때에는 소리를 제한하는 것이 의외로 힘들기 때문에 학생들에게 이 점을 미리 알려주는 것이 좋다.

4) 넷째 시간 : 중간 시사회. 수정 보완 협의 대화

학생들이 완성한 영상을 함께 보고 잘한 점과 아쉬운 점을 서로 나눈

다. 주로 잘한 점만 말하고 아쉬운 점은 한두 개만 말하도록 한다. 못한 부분을 알아도 의욕이 꺾이면 학생들은 하지 않는다. 학생의 애씀을 먼저 보고 칭찬하고 아쉬운 거 한두 개만 말하면, 섬세한 학생은 다시 찾아온다. 뭐가 잘못된 걸까요 하면서. 선생님의 현장 감각이 중요한 순간이다.

5) 다섯째 시간 : 평가

완성된 영상을 함께 보고 평가한다. 평가는 3점에서 10점까지 부여한다. 모둠 중에서 학급 대표로 영상제에 나갈 수준으로 선정된 모둠은 10점을 준다. 편집을 맡은 학생은 무조건 모둠 점수보다 1점을 더 주고 10점이면 다른 수행평가에 1점을 더 주도록 한다. 영상제 후 교사 협의로 작품을 선정하거나 학생들의 작품을 온라인 카페에 게시하고 투표를 통해 우수작을 선정하여 시상 및 상품을 준다. 축제 기간에 부스를 만들어 영상제를 진행해도 좋고, TED 시간에 전교생에게 방송으로 틀어줘도 좋다. 학생들의 순간이 영원이 되는 시간이다.

Q14 '공개동동' 모둠 수업은 질문 발전소다

모둠은 가장 이상적인 수업 형태다. '공개동동'에 바탕을 둔 프로젝트 기반 학습법은 모둠별로 창의적인 산출물을 만들어내는 질문 수업이다.

독서 교육 방법은 정말 다양하다. 고등학교 교육 과정에서 이루어지는 독서 교육 방법을 생각나는 대로 몇 가지 나열하자면 • 독서 감상문 쓰기 • 등장인물이나 작가와 인터뷰 하기 • 등장인물이나 작가에게 편지 쓰기 • 내가 상상한 뒷얘기 이어가기 • 광고로 나타내기 • 특정 장면을 만화로 그리기 • 인상 깊은 장면이나 문장을 옮겨 적기 • 독서 토론하기 • 독서 낭송하기 및 book 콘서트하기 • 독서 신문 만들기(book 기사 쓰기) • 맘껏 상상해서 책 내용 비틀고 딴죽걸기 • 특정 장면을 영상으로 제작하여 유투브에 올리기 • 독서 ○× 퀴즈 및 독서 골든벨 • 인물망 그리기 • 책의 전체 및 일부분을 필사하기 • 직접 책 만들기 등등이 있다.

나는 해마다 공개 연구 수업을 10여 차례 참관하고 있다. 내 스스로도 해마다 공개 연구 수업을 실시하고 있다. 연구 수업의 90%는 모둠학습이다. 4~5개 모둠으로 나누어 모둠별 탐구 및 발표를 진행한다. 그만큼 모둠학습이 보편화되어 있다.

지금까지 개발된 모둠학습(또는 협동 학습) 모형들은 20여 가지가 넘는다. 변형된 것을 합하면 그보다 훨씬 많다. 직소모형이라는 과제 분담 학습(Jigsaw) 모형, 프로젝트(Project) 모형, 협동을 위한 협동(co—op co—op) 모형 등등 수많은 협동 학습 모형이 있다. 같은 단원을 공부한 각 모둠의 구성원들끼리 모여 심화 학습을 하고 다시 원래 소속된 모둠으로 돌아가 설명하게 하는 직소 과제 분담 학습 모형이 한때 유행한 적이 있다. 그런 수업은 지금도 여전히 매우 유용하고 유효하다. '긍'(긍정적 상호 의존 관계), '개'(모둠학습 내 개인적인 책임 강조), '동'(동등한 참여), '동'(동시다발적인 상호작용)에 바탕을 둔 프로젝트 기반 학습법은 모둠을 구성, 공동의 학습 목표를 가지고 과제를 수행해 모둠별로 창의적인 산출물을 만들어내는 수업이다. 여기서 결과도 중요하지만 더욱 중요한 것은 모둠 구성원 간의 상호 협력을 바탕으로 과제를 해결해 나가는 의사소통 능력, 문제 해결 능력, 자기 관리 능력이다. 모둠 토론과 발표를 통해 자신의 의견을 당당히 표현하는 능력도 함양할 수 있다. 프로젝트 학습법은 거꾸로수업, 토론·토의 수업, 스마트 기기 활용 수업 등에 다양하게 적용되는 일종의 종합 선물 세트로 볼 수 있다.

모둠학습은 학생들의 자기 주도적 학습이 이루어질 수 있도록 운영하는 것이 핵심이다. 그러기 위해서는 교사와 학생과의 끊임없는 피드백이 잘 이루어질 수 있어야 한다. 몇 차례 반복해야 하고, 사전에 역할 분담이 확실하게 이루어져 한다.

모둠학습 절차는 학습 목표 및 현장의 여건에 따라 변형하거나 가공할 수 있다.

1단계 : 모둠 구성을 위한 소주제 선택

소주제 중 학생들은 자신이 학습하고자 하는 주제를 선택한다.

2단계 : 소주제별 모둠 구성 및 모둠 세우기(Team—Building) 활동

학생들이 선택한 주제를 중심으로 모둠을 구성하고 모둠별로 모둠 세우기 활동을 통하여 모둠의 공동체의식을 기른다.

3단계 : 소주제의 정교화

모둠 내에서 모둠 토의를 통하여 자신들이 맡은 소주제를 정교한 형태로 구체화하고 연구 활동 계획을 수립한다.

4단계 : 미니 주제 선택과 분업

모둠원들은 정교화된 소주제를 수행하기 위해 소주제를 미니 주제로 만들다. 모둠원 각자가 자신이 원하는 미니 주제를 담당하여 역할 분담한다.

5단계 : 개별 학습 및 준비

학생들은 각자 담당한 소주제를 개별 학습하고 모둠 내에서 발표할 준비를 한다.

6단계 : 모둠 내 미니 주제 발표

학생들은 모둠 내에서 자신이 맡은 미니 주제 연구 결과를 발표한다. 모둠 토의시 이끎이, 기록이, 칭찬이, 지킴이 등의 역할로 분담시켜 효과

모둠학습은 과제 분담 수업, 프로젝트 수업, 협동 수업 등등 탐구 활동을 위해 가장 기본적인 수업 형태다.

적으로 발표를 진행한다.

7단계 : 모둠별 학급 발표

모둠별로 정리한 소주제 연구 결과를 학급 전체에서 발표한다. 교실 전체가 주제에 대하여 토의한다.

8단계 : 평가와 반성

보고서와 발표 등을 종합적으로 평가한다. 평가 때 교사 평가 방식뿐 아니라 동료 평가 방식도 도입하여 다면적이면서 종합적인 평가가 이루어질 수 있도록 한다. 부족한 부분은 보완할 수 있는 기회를 부여한다.

모둠 활동을 할 때 모둠별로 세부적이고 구체적인 과제를 사전에 주어야 한다. 그래야 모든 모둠이 열정적으로 수업에 임한다. 그리고 모둠 구성원 모두에게 역할을 확실하게 분담해 주어서 그냥 묻어가며 무임승차하는 소극적 학생이 없어야 한다. 떠들기만 하는 모둠이냐? 잡담을 하다가도 지혜를 모아 해결책을 제시하는 모둠이냐? 샛길로 빠져버리는 모둠이냐? 등등 여러 성격의 모둠이 생길 수 있다. 그럴 때 조력자인 교사가 돌아다니면서 중재를 잘 해야 하고, 격려를 잘 해야 한다.

모둠의 또 다른 형태로 분단을 들 수 있다. 교실은 1분단부터 6분단까지 자리가 배치되어 있다. 가로 분단, 세로 분단을 한 묶음으로 활용해 보자. 분단별 끝말 잇기, 속담 잇기, 분단별 앞좌석에서 뒷좌석까지 순서대로 시 한 구절씩 외우기, 분단별 논스톱 릴레이 칭찬하기, 고려속요 작품 이름 대기 등등의 활동이 교실에 활기를 불어넣을 수 있다. 역동적인 수업이 될 수 있다.

Q15 독서는 번개처럼 번뜩이는 질문이다

책을 읽고 예측하기, 연상하기, 경험 이야기하기, 글 구조 파악하기, 연결 짓기, 묶어 보기, 판단하기, 동일시하기, 점검하기, 비판하기, 책 밖으로 떠나기 등등의 질문을 서로에게 던지면서 깨달음의 세계로 나아간다.

혼자서 다섯 권의 책을 읽는 것보다 여러 사람이 모여 한 권을 읽고 이야기할 때에 얻는 것이 훨씬 많다는 의견에 동의하는가? 물론 상황에 따라 다를 것이다.

글을 읽을 때에는 여러 사람이 모여 생각을 나누는 것이 좋다. 책 읽기를 통해 우리가 얻게 되는 것은 '깊이 있는 생각'이다. '함께'가 갖는 힘은 매우 크다. 웬만큼 정신력이 강한 사람이 아니고선, 혼자 꾸준히 무언가 해나간다는 게 참 힘들다. 포기하지 않고 오랫동안 해나가려면 곁에서 서로를 지지해주고 응원해주는 동료가 필요하다.

친구와 함께 책 읽고 토론하는 모임을 만들어보자. 한 달에 한 권씩 읽는다면 1년이면 12권, 2년이면 24권의 책을 읽게 된다. 3~6명 정도 모이는 것이 좋다. 7명 이상이 되면 숫자에 눌려 마음껏 의견을 펼치지 못하는 친구가 생길 수 있다.

독서 토론의 가장 훌륭한 진행 방식은 구성원이 한 명씩 돌아가며 발제문을 작성하는 것이다. 발제문이 있으면 토론 활동의 중심이 생긴다. 발제자는 글을 요약하고, 자신의 느낌을 말하고, 토론했으면 하는 논제를 제시한다. 발제문은 생각거리를 던지는 글이어야 한다. 인상 깊은 글귀와 그에 대한 생각을 기술하거나, 자신의 삶과 연결지어 이야기를 펼친다. 또한 책의 내용과 연관된 사회 현상을 언급하는 것도 좋다. 발제자가 토론 주제를 명확히 정하여 발제문에 실어주면 토론 활동이 매우 활발히 이루어진다. 토론은 원탁으로 빙 둘러 앉아서 자유 토론을 하는 것이 좋다. 원탁 토론이나 찬반 토론을 섞어서 할 필요도 있다.

'책 내용에 대한 이해 → 책 내용을 토대로 사회 현상을 분석 → 바람직한 삶의 자세를 교환'하는 순서로 독서 토론을 진행할 수도 있다. '작품 자체의 특징 → 작품과 독자와의 관계 → 작품과 시대와의 관계 → 작품과 작가 의식' 등등 내재적 관점과 외재적 관점을 토론 주제로 정해서 순차적으로 토론을 진행해도 된다. 인터넷 카페, 밴드, 블로그 등을 만들어 모임의 발제문과 토론 기록문, 서평을 꾸준히 모아두는 것은 매우 현명한 방법이다. 학생들은 각자 역할 분담이 확실해야 한다. 대화 내용을 즉석에서 기록하는 사람, 컴퓨터 작업을 하는 사람, 사진을 찍는 사람, 이야기를 재구성하는 사람, 그림이나 삽화를 그리는 사람 등이 있으면 더 좋다.

책을 읽을 때 장소 선정이 중요하다. book 카페, 도서관 세미나실 등 조용한 장소가 좋다. 교실도 좋다. 잔잔한 음악이 흐르는 곳도 괜찮다.

때때로 진지한 토론이 수다로 변해버리는 경우가 있다. 하지만 크게 걱정하지 말자. 삶과 밀접한 작품이라면 교사가 이끌어가지 않더라도 수다가 다시 토론 활동으로 자연스럽게 진행된다. 학생들 스스로 방향 전환을 하는 것이다.

활동에 잘 참여하지 않는 학생이 꼭 있게 마련이다. 아이들의 삶과 밀접한 관계가 있는 작품을 수업에 활용하면 학생들의 참여율이 높아진다. 학생들은 노동 및 직업, 사랑, 가족, 친구, 왕따 등을 소재로 하는 책읽기에 흥미를 갖는다. 그림책이나 영화 등 아이들이 쉽게 접근할 수 있는 매체를 활용하는 것도 좋은 방법이다. 그래도 입을 열기 힘들어 하는 학생이 있다. 그럴 경우 모둠 내에서 각자 주어진 역할을 수행하게 하여 말하기에 대한 부담을 덜어주는 것이 좋다. 이끎이(진행), 큰입이(발표), 나름이(자료조사), 기록이로 모둠원의 역할을 나눌 때에 말하기를 힘들어 하는 학생에게 기록이를 맡기면 부담을 덜어줄 수 있다.[16] 교사가 그 학생에게 자주 찾아가 칭찬하고 인정하는 분위기를 만들어주면 학생이 더욱 용기를 갖는다. 결국, 학교에서 학생에게 해줄 수 있는 가장 큰 교육 활동은 칭찬을 통한 자존감 형성이다.

교육은 깨달음의 과정이고, 깨달음의 본질은 질문에 있다. 질문 속에 진리로 가는 길이 있다. 평면적인 물음이건 입체적인 물음이건 맥락에 따라 의미와 가치가 다르다. 예측하기, 연상하기, 경험 이야기하기, 글 구조 파악하기, 연결 짓기, 묶어 보기, 판단하기, 동일시하기, 점검하기,

16) '이끎이(진행), 큰입이(발표), 나름이(자료조사), 기록이'라는 용어는 2014년 전국국어교사모임 겨울연수 자료집의 〈독서 활동에 잘 참여하지 않는 학생은 어떻게 하나요?〉에 실려 있다.

책은 해답을 주면서 동시에 또 다른 질문을 던져준다.

비판적으로 읽기, 책 밖으로 떠나기 등등의 질문을 던지면서 깨달음의 세계로 나아간다.

독서토론 시간에는 정보 전달이나 설득과 논증의 언어가 오가면서도 친교적 기능의 언어들도 감미롭게 섞여 있어야 한다. 테마별 토론하기, 흥미 있는 주제로 토론하기, 한 달에 책 한 권으로 토론하기! 또는 두 달에 책 한 권으로 토론하기! 학생들의 부담이 크면 오히려 책 읽기가 즐겁지 않을 수 있다. 독서는 재미있고, 토론은 즐거운 것이어야만 한다.

제3장

근원적인 세계를 파고드는 질문법

Q16 교실은 '왜?'로 가득 찬 우주다

어린아이는 '왜?'라는 질문을 입에 달고 산다. 무엇이든 모르는 것이 있으면 묻고 또 묻는다. 질문은 우주 빅뱅이다. '왜?'라는 질문은 소통과 삶의 본질을 찾기 위한 여행이다. 귀찮더라도 수업 시간에 '왜?'라는 질문에 관용과 자비를 베풀자.

다섯 살짜리 아이는 매일 약 200여 개의 질문을 한다고 한다. 우리는 수업 시간에 몇 번 질문을 하는가? 도대체 질문을 해야만 좋은 수업인가?

스스로 질문을 많이 하는 학생일수록 학습에 대한 흥미가 높을까? 낮을까? 대부분의 교사들은 학습에 대한 흥미가 높아서 질문을 많이 하는 학생이 성적도 좋고, 사회적으로 성공할 가능성도 높다고 믿고 있다. 그러면서도 질문을 잘 하는 교실을 만들기 위해서 노력을 하지는 않는다. 발문법을 만드는 수업, 질문을 유도하는 수업은 쌍방향 커뮤니케이션을 필요로 한다. 상대방을 배려해야 한다. 그리고 엉뚱하거나 기상천외한 대답이 나올 수 있음을 인정해야 한다. 전혀 예상하지 못한 대답이 나올 수도 있다. 돌발 상황의 발생이다. 그때 교사의 즉흥적인 대응력과 순발

‘왜?’라는 질문은 소통과 삶의 본질을 찾기 위한 여행이다.

력이 중요하다. 순간 대응 능력에 따라 수업 분위기를 활기차게 끌어올리기도 하고, 거꾸로 찬물을 끼얹는 것처럼 냉랭해지기도 한다. 질문 유도 노력이나 즉흥적 대응 능력에 대한 부담 때문에 질문이 살아나는 수업이 자꾸 망설여지는 것이다.

질문은 대답을 낳고, 대답은 또 다른 질문을 낳을 수 있어야 한다. 말하는 사람이 듣는 사람이 되어야 하고, 듣는 사람이 말하는 사람이 되어야 한다. 마치 축구나 농구에서 패스를 하듯이 순서 교대가 자연스럽게 이어져야 한다. 받아들이기와 돌려주기, 새겨듣기와 맥락 갱신을 통한 되묻기의 순환이 잘 이루어지는 수업이 질문이 살아나는 활기찬 수업이다. 주는 말과 받는 말의 대응쌍은 허락, 감사, 수용, 동의, 예상된 대답, 긍정 등의 선호 범주에서 이루어질 수도 있다. 또한 반론, 거절, 예상 못 한 답, 공격적인 반응 등의 비선호 범주로 흘러갈 수도 있다. 머뭇거리기나 뜸들이기는 선호 범주의 대화에서도 나타날 수도 있고 비선호 범주의 대화에서도 나타날 수 있다. 비선호 범주의 대답이 나오더라도 도덕적인 범주를 크게 이탈하지 않는 이상 교사의 대답이 감정적으로 흐르거나, 수업을 험악한 분위기로 몰아가서는 안 된다. 하지만 교실 현장에서는 쉽지 않은 일이다. 교사도 사람이기 때문에 상처를 받고, 화를 내고, 순간적인 판단 실수나 과잉 대응을 하기 때문이다.

교사는 자기 관리 능력과 감정 조절 능력이 능숙해야만 한다. 교사는 학생들이 겁내지 않고 질문할 수 있는 환경을 조성해야 한다. 그런데 대부분의 교사들이 이런 환경을 조성하는 데 무척 서툴다. '엉뚱한 질문은 수업에 피해를 주거나 방해를 한다'는 생각을 가지고 있으면 질문이 살아나는 수업을 할 수가 없다. 가급적 질문 수업에서는 교사의 권위를 버려야 한다.

질문을 해도 확인형 질문을 핑퐁식으로 주고받는 수준에서 그칠 수 있다. 강남의 한 중학교 국어 수업 컨설팅 장학을 갔었다. 교사로 부임

한 지 채 1년이 안 되는 선생님께서 1학년 수업을 진행하셨다. 선생님의 목소리가 우렁차고, 열정적이고, 활기찼다. 학생들도 적극적으로 참여했다. 국어와 사회를 넘나드는 범교과적 시도가 돋보였다. 특히 선생님께서 학생들에게 질문을 많이 했다. 1시간에 무려 70번 정도의 질문을 했다. "~알았어?", "얘들아, ~알지?", "~했어?", "뭐가 있을까?", "~봤지?", "~뭐야?" 등등의 질문을 끊임없이 하는 수업이었다. 끊임없이 학습 동기를 촉발하는 질문을 했다. 학생들은 대답을 잘 했다. 그런데 한 가지 문제점이 발견되었다. 한 시간 수업에서 70번 정도의 질문은 매우 좋았으나 대부분 전체 학생을 대상으로 한 확인형 질문이었다. 학업 성과를 바로 내려는 교사가 핑퐁식 수업(교사가 질문을 던지면 학생이 즉시 올바른 답을 내야 하는 수업)을 진행했다. 학생들이 대답을 못하면 교사가 곧바로 설명을 하거나 대답을 내놓았다. 공부를 잘 하는 학생은 열심히 대답을 했다. 그러나 절반 정도의 학생이 중얼거리며 덩달아 묻어가는 대답을 했다. 확신에 찬 대답이나 의견이 아니라 똑똑한 학생의 입 모양을 따라서 대답하는 것이었다. 결국 공부를 잘 하는 학생 위주의 수업으로 흘러갔다. 한두 번은 꼬리에 꼬리를 무는 심층적 질문이 있었으면 좀 더 좋았을 것이다. 또한 엉뚱한 질문을 하는 학생들이 있었으면 좋았을 텐데 단편적인 확인형 질문 포화 수업이었다.

질문이 팔딱팔딱 활어처럼 살아나는 수업을 하기 위해서는 호기심이 많은 학생, 수업 시간에 자주 떠드는 학생, 넉살 좋은 학생, 웃기는 학생, 공부는 못해도 끼가 넘치는 괴짜 학생을 잘 활용해야 한다. 반응이 즉각적으로 오는 엉뚱하고 영혼이 자유로운 학생을 잘 활용하면 수업 분위기가 매우 좋아지고 독특한 질문이 살아날 수 있다.

질문은 내가 배우고 있다는 증거다. 수업에서 묻는다는 것은 상대의 말을 경청하고 있으며, 그 속에서 궁금한 점이 생겼다는 것을 의미한다. 질문이 많은 교실은 그 만큼 소통이 원활하다는 뜻이다. 손을 번쩍 드는 학생이 수업시간마다 열 명 이상은 되어야 한다. 질문은 교실을 펄떡이며 살아 있는 공간으로 만든다. 무엇이든 묻고 알아가는 과정을 통해 우리 학생들은 배움의 즐거움을 깨닫게 된다.

진도와 무관한 수업, 정해진 학습량이 없는 수업, 어떤 엉뚱한 질문도 다양한 의견 중 하나로 존중받는 수업, 정답이 아니어도 용기 있게 말하는 학생이 가장 우수한 학생인 수업, 약간 엉망인 수업, 어떠한 질문도 받아주고 긍정적으로 응답하는 수업, 칭찬을 열 번 이상 하는 수업, 이런 수업을 한 학기에 한두 번은 해보는 것이 어떨까?

특히 '왜?'라는 질문은 근원적이다. 어떤 경우에는 '왜?'냐고 자꾸 물으면 부정적인 마인드 소유자로 인식되기 십상이고 반항적인 학생으로 낙인찍히는 분위기가 아직도 존재한다. 가정에서조차도 부모님에게 '왜?'라고 물으면 무례하고 버릇없다는 얘기를 듣게 된다. 무엇인가 궁금하고 몰라서 '왜?'라고 묻고 싶어도 묻기가 겁이 난다. '왜?'라는 질문은 소통과 삶의 본질을 찾기 위한 여행이다. '왜?'라는 질문이 아닌 것이 없다. 왜 걷니? 왜 밥 먹니? 왜 자니? 왜 공부하니? 왜 사랑하니? 왜 돈을 버니? 왜 아프니? 본질을 놓치면 겉치레만 남는다. '왜?'는 본질 탐구의 질문이다. 귀찮더라도 수업 시간에 가끔씩 '왜?'라는 질문을 던지자. 이틀에 한 번이어도 좋고, 일주일에 한 번이어도 좋다.

Q17 질문으로 통찰하고 세상을 자유하라

질문을 자유하라. 질문을 통해 자유하라! 질문이여, 수고하고 무거운 짐을 진 자들을 자유케 하라. 근원적인 질문으로 세상을 자유케 하라!

"쿼바디스 도미네"란 질문으로 순교의 길을 택한 베드로, 인간 존재의 질문으로 깨달음을 얻은 석가모니, 기존과 다른 근원적인 질문으로 새로운 우주를 연 아이슈타인 등등 역사 속 위대한 인물들은 근원적인 질문을 던졌다.

흔히 소크라테스의 대화법을 아기 낳는 것에 비유해 '산파술'이라고 한다. 누군가 질문하면 서로 답을 모른다고 가정하고서 소크라테스는 질문에 대해 질문을 던진다. 그러면 애초의 질문에 문제가 있는지 없는지 알게 된다. 그 과정에서 연쇄적인 질문이 생겨난다. 처음에 질문하면서 미처 의식하지 못했던 새로운 질문을 찾아내는 것이다. 소크라테스와 그의 제자들은 문답법을 이용해 윤리 및 도덕적인 문제의 해답을 찾아냈다. 반문법, 산파술, 논쟁적 토론 등. 무지의 자각과 진리를 찾고자

소크라테스는 문답법을 통해 무지를 자각하고 진리를 찾고자 했다.

하는 실존적이고 근원적인 질문!

조선시대 경연(經筵)은 조선 왕조 500년을 이끈 힘이었다. '경연'은 왕이 신하를 스승으로 삼아 끊임없이 자신을 성찰하고 채찍질하는 인문학 공부였고, 왕과 신하 사이에 한 치의 양보도 없는 철학 토론, 정치 토론이었다. 조선시대 국왕은 하루에 두 번씩 당대 최고의 석학들과 철학과 역사를 공부하고, 국가 정책을 토론했다.

예수는 질문을 던지면서 소외된 사람에게 손을 내밀었다. 예수는 창녀, 나환자, 거지, 범죄자, 절망한 사람들과 언제나 대화를 나눴다. 예수는 제자들에게 끊임없이 질문 공세를 퍼부었다.

예수는 유대인들이 기피하는 사마리아 지역을 지나게 되었다. 작은 마을 외곽에 위치한 사막의 외딴 곳에 있는 우물 옆에 앉은 예수는 한 사마리아 여인에게 이렇게 청했다.

"물 한 잔 주겠소?"

사실 굉장히 충격적인 질문이었다. 당시 유대인들은 절대로 사마리아인과 교류하지 않았기 때문이다. 유대인은 사마리아인을 혐오스럽고 부정하다고 여겼다. 여인은 크게 놀랐다. 그리고 대답했다.

"어떻게 그런 부탁을 하십니까? 유대인은 사마리아인과 말도 섞으려 하지 않는데."

예수는 여인의 이야기를 들어주고 그녀에게 아픈 과거가 있음을 알아냈다. 그 뒤 이어진 대화, 즉 예수가 그녀의 영적 공허함과 사회적 소외를 돕는 데 기여한 대화는 수세기 동안 많은 사람들 사이에 회자되었다. '물 한 잔 주겠소?'로 시작된 그들의 만남은 그녀의 인생을 변화시켰다.

예수는 예루살렘에 마지막으로 들어가기 직전에 가장 예리하고 심오한 질문을 던졌다. 그분은 빌립보 가이사랴 지방에서 제자들을 불러모아놓고 물었다.

"사람들이 인자를 누구라 하느냐?"

예수는 시몬 베드로를 쳐다보았다.

"너희는 나를 누구라 하느냐?"

예수는 곧 붙잡혀 가 재판을 받은 후 십자가에 못 박힐 상황이었다. 이 질문은 역사상 가장 위대한 질문이 되었다. 이처럼 질문의 힘을 활용하는 법을 배우면 삶과 사역의 현장에서 영향력을 현저히 높일 수 있다.

공자는 어떠한가? 『논어(論語)』는 공자와 제자들의 문답, 대화, 토론을 기록한 책이다. 공자가 제자 및 여러 사람들의 질문에 대답하고 토론한 것이 '논(論)'. 제자들에게 전해준 가르침을 '어(語)'라고 부른다.

子貢曰 : 有美玉於斯, 韞匵而藏諸? 求善賈而沽諸?(자공왈, 유미옥어사 온독이장제 구선고이고제)
子曰 : 沽之哉! 沽之哉! 我待賈者也.(자왈 고지제 고지제 아대고자야)
자공이 말했다. "여기 아름다운 옥이 있다면 궤짝에 넣어 두시겠습니까? 좋은 가격으로 상인에게 파시겠습니까?"
공자께서 말씀하셨다. "팔아야지! 팔아야지! 나는 좋은 상인을 기다리는 사람이다."

—『논어』 자한(子罕) 편에서

나를 알아주는 사람을 기다리고, 나의 능력을 숨기지 말고 누군가에게 베풀고 드러내야 쓸모가 있다는 내용을 문답을 통해 제시하고 있다.

공자는 제자 중에서 가장 질문을 많이 했던 자공을 좋아했다. 공자는 일방적으로 강의하기보다 문답 토론을 하고자 했다. 질문을 많이 사용할 뿐 아니라 제자가 질문하도록 장려했다. 모든 사람에게 통하는 범용 이야기를 하기보다 제자들의 눈높이에 맞춰 늘 가변형 이야기를 하고자 했다. 제자들에게 같은 질문을 하고서도 답은 각각 다르게 제시하는 것도 이 때문이다. 가령 "의로운 일을 들으면 바로 실행해야 하는가"란 질문에 신중파 제자인 염구에겐 "실천해야 한다"라고 답하고, 다혈질파 제자인 자로에겐 "아버지와 형이 엄연히 계시는데 어찌 듣는다고 바로 행하겠느냐"며 정반대 대답을 하는 것이 그 예다. 공자는 천편일률적 대답을 제시하기보다 제자들의 특성을 관찰한 바에 따라 각자 '적합한' 답을 제시하고자 했다.[17)]

온 세상이 질문으로 꽉 차 있다. 평생 살면서 수많은 질문을 던진다. 교실에서도 마찬가지다. 질문은 교사의 책무이고, 수업권을 지닌 학생들의 특권이다.

자유하라! 질문을 자유하라. 질문을 통해 자유하라! 질문이여, 수고하고 무거운 짐을 진 자들을 자유케 하라. 근원적인 질문으로 세상을 자유케 하라!

17) 공자의 리더십은『이코노믹리뷰』에 연재된 리더십 이야기 〈공자의 질문 리더십, 강의보다 문답 토론 통해 정곡을 찌르고 핵심을 찾아라〉(2013, 8)를 참고하였음.

Q18 질문은 철학과 예술을 한다

'광기는 천재적 자질인가?'에 대한 토론 수업을 통해 예술가의 자질, 편견의 의미, 정상과 비정상의 경계, 생물학적이고 윤리학적인 광기의 의미까지 파악할 수 있었다. 질문은 소크라테스이며, 미셸 푸코다.

토론 수업은 많이 할수록 좋은가? 나는 한때 1년 내내 토론 수업을 실시한 적이 있다. 엄청난 준비를 해야 했다. 에너지 소모가 상상을 초월했다. 학생들도 입론서 작성과 교차 조사 자료 준비, 반론 자료 준비 등등 팀원끼리 모여 준비해야 할 내용들이 너무 많았다. 모두 지쳤다. 수업 시간에 토론이 아름답게 마무리되기보다는 한 번 점화가 된 토론은 수업이 끝난 후 사석에서도 계속 이어졌다. 못다 한 이야기가 너무 많았다. 고등학생들은 승부욕이 대단했다. 지고는 못 살았다. 공부 잘 하는 학생이 공부 못 하는 학생에게 논쟁 싸움에서 밀리거나 패했다는 것은 사나이의 수치였고, 남자의 상처였다. 합리적인 논리 싸움에서 끝나는 경우처럼 보일 뿐 사실은 감정의 골이 생기기 시작했다. 토론의 전사들이 되어갔다. 끼리끼리 문화도 심해졌다. 어떤 토론 주제는 찬성 측에 살짝 유리한 경우도 있었고, 반대 측에 유리한 경우도 있었다. 그럴 경우 토론 주제를 정한 교사에게 화살이 돌아왔다. 사제지간에도 감정의 골이 생겼다. 마치 정치인들의 여야 정쟁이나 100분 토론을 연상시켰다. 역지사지, 올바른 경청의 자세, 상대방을 배려하는 태도, 다양한 의견을 인정하고 수용하는 태도 등등의 본래 취지는 무색해졌다.

토론 수업을 너무 자주 많이 하는 것은 부작용이 심했다. 교사의 의도나 학습 목표를 벗어나는 사태가 생겨났다. 논쟁은 끊고 맺음이 확실한 것이 결코 아니었다. 1년 동안 급우로서 우정을 다져야 하는 친구와 논쟁을 한다는 것 자체가 과도한 설정인지도 몰랐다. 상대방의 허점을 찾아 공격한다는 것은 친구의 허물까지 감싸주고 보듬어주는 우정의 속성을 과감히 허물어야 가능한 일이었던 것이다.

토론 수업은 전체 수업의 5% 정도 할당하면 좋을 것이다. 전체 수업의 10%를 넘기면 토론 수업은 긍정적 효과보다는 부정적 효과가 점점 크게 드러난다. 토론은 논쟁이다. 논쟁을 위해서는 이론으로 무장하고 상대의 논리적 결함을 공격해야 한다. 그런데 여기서도 질문은 큰 무기다. 질문을 주도하는 자가 논쟁을 제압한다.

소크라테스의 논쟁 방식은 특별했다. 플라톤이 쓴『소크라테스의 변명』에도 나오지만, 소크라테스의 논쟁은 질문으로만 이루어져 있다. 그는 결코 자신의 주장을 일방적으로 내세우지 않았다. 그 대신 상대에게 질문하고 답을 들은 뒤 다시 질문하는 방식을 고수했다. 질문 — 재질문 — 재질문. 그런데 그의 질문은 상대가 앞에서 대답한 내용과 뒤에서 대

소크라테스 토론, 중산 토 론대회, 통합교과 토론 수업, 과학탐구 토론 대회 등등 고등학교에서는 수많은 토론 수업 및 토론 대회를 진행한다.

답한 내용이 모순되도록 교묘히 설계되어 있었다. 상대는 유도 질문에 걸려들었다는 사실을 알아채지만 도망칠 방법이 없다. 그래서 스스로 모순을 인정하고 논쟁을 끝맺게 된다.

사실 학교 현장에서 실시하는 CEDA(Cross Examination Debate Association) 토론이나 배심원 토론은 소크라테스의 일문일답인 '질문 — 재질문 — 재질문'을 '교차 조사 — 반론 — 재반론'으로 바꿔놓은 것이라고 볼 수 있다. CEDA 토론은 논제와 관련된 자료 조사와 제기된 주장을 입증하는 증거 제시에 큰 비중을 둔다. 논제를 긍정하거나 부정하는 각 팀은 2~3인으로 구성되며, 토론자 각 개인은 발언 기회를 세 번 가진다. 즉, 입론, 교차 조사, 반박을 한다.

내가 수업 시간에 실시한 찬반 디베이트(CEDA) 토론 수업 주제로는 '화성에서 30년 살아갈 수 있을까?', '2040세대 갈등의 가장 큰 요인은 무엇일까?', '느림의 미학은 긍정적인가? 부정적인가?', '광기는 천재적 자질인가? 아닌가?', '군가산점제는 여성에 대한 역차별인가?', '배아복제인간에게 인격은 있는가?' 등등이다. 그 중에서 '광기'에 대한 토론을 예로 들면 찬반 토론의 활성화를 위해 네 가지 하위 영역에 대한 탐구 활동이 선행되었다. 이를 통해 예술적 자질, 편견의 의미, 정상과 비정상의 경계, 생물학적이고 윤리학적인 광기의 의미를 깊이 파악할 수 있었다.

주제 선정	광기는 천재적인 자질인가? 아닌가?
소주제	관련 교과
탐구1> 서번트증후군에 대하여	과학, 철학
탐구2> 정신질환에 대한 편견에 대하여(미셸 푸코의 철학을 중심으로)	철학, 윤리
탐구3> 뇌 활용에 대한 편견(뇌는 과연 10%만 활용하는가?)	생명과학
탐구4> 예술가(음악가, 화가, 시인 등)들의 광기에 대하여	문학, 미술, 음악
학습 목표	1. 상식과 비상식을 새로운 관점으로 바라볼 수 있다. 2. 상상력과 창의성의 관계를 구체적인 예를 통해 알 수 있다. 3. 일상을 낯설게하기에 대해 토론을 하면서 자신의 의견을 설득력있게 전달할 수 있다. 4. 타인에 대한 배려, 이해심, 역지사지의 자세를 배울 수 있다. 5. 학문의 영역을 넘나들면서 개방적이고 발산적인 사고를 자유롭게 진행할 수 있다.
수업 모형	찬반 디베이트(CEDA) 토론 교수 — 학습 모형

Q19 개방형, 폐쇄형 질문 모두 효과적이다

창의성을 키우는 수업일 경우에는 개방형 질문을 선호하고 폐쇄형 질문을 부정적으로 바라보기도 한다. 하지만 보통의 수업에서는 폐쇄형 질문이 더 효과적이다. 질문은 상황에 맞게 리듬을 타야 한다.

이미 배운 내용이나 기본적인 내용을 질문할 때는 빠르게 질문한다. 축구에서 짧고 빠르게 패스하는 연습을 하듯이. 빠른 질문은 집중력을 향상시킨다. 교사가 재빨리 질문을 던진다. 학생은 재빨리 대답해야 한다. 마치 단어 시험을 보듯이. 단답형 질의 응답이다. 답을 생각할 시간을 주거나 토의할 시간을 주지 않는다. 답이 틀리면 동일한 질문을 그 옆 학생이거나 뒤 학생에게 던진다. 분단별 릴레이로 질문을 던진다. 많은 학생들에게 질문을 던져서 많은 학생들을 참여시킬 수 있다. 학급 전체에 열정과 긴장감을 불어넣기 위해 수업 시작할 때 '전시 학습 확인' 질문을 던질 수도 있다.

소설을 배우면 소설의 주인공은? 작가는? 지어진 연대는? 시대적 배경은? 공간적 배경은? 인물 관계도는? 어떤 사건이 벌어진 장소는? 지명은? 등등 짤막한 질문을 빠른 속도로 진행한다. 순발력과 집중력은 교육에서 매우 중요한 부분을 차지한다. 순간 대응 능력, 순간 판단력, 임기응변은 교실 밖에서의 삶에 있어서도 중요한 위치를 차지한다. 순발력과 집중력이 뛰어난 사람이 기회를 자기 것으로 만들고, 위기 상황을 지혜롭게 돌파할 수 있다.

반면에 느린 질문이 있다. 학생들에게 충분히 대답할 수 있는 시간을 주는 질문이다. 전략적으로 몇 초 동안 뜸을 들이거나 학생이 답을 하기 전에 잠시 기다려주는 것이다. 학생 스스로 생각하고 사고할 수 있는 시간을 주어서 답변의 창의성이나 논리적 분석력을 요구한다. "5초 후에 대답을 해줄래?", "10초 후에 생각을 말해줄래?", "이유를 두 가지 정도 말해 보세요" 등등 구체적이고 생산적인 답변이 나올 수 있도록 안내하는 발언을 섞는 것이 좋다. 느림, 여유, 사색도 삶의 중요한 부분이다. 빠른 사회일수록 느림은 보석처럼 빛난다.

느린 질문이면서도 학생들에게 느리게 답할 권한을 주자는 의견도 있다. 긴장보다는 이완된 마음 상태가 더 중요하다는 것이다. 뇌를 쉬게 하면서 어슬렁어슬렁 거북이처럼 게으르게 하면서 아주 천천히 질문과 대답을 주고받는 수업. 뇌 과학자 모기 게인치로에 의하면 조급하거나 긴장 상태에서는 습관화된 방식으로 문제를 풀지만 충분히 이완되어 있을 때 열린 사고를 갖는다고 한다. 적절한 게으름과 여유는 곧 창조성을 발휘하는 '창조적 게으름'이 된다는 것이다.

질문은 단순한 질문에서 시작해서 좀 더 어려운 질문으로 나아가면서, 학생들에게 칭찬을 해 주거나, 이미 알고 있는 용어를 강조해서 참여

질문에도 리듬이 있다. 느린 질문과 여유 있는 대답은 창조성을 키우는 창조적 게으름일 수 있다.

를 이끌어낸다. 질문이 질문을 낳는 발판 역할을 해야 한다. 질문거리를 세밀하게 쪼개서 질문을 하면 단계별로 질문을 할 수가 있다. 마치 수학 시간에 문제를 푸는 단계마다 확인 질문을 하듯이.

또한 우리는 통상 폐쇄형 질문보다는 개방형 질문이 더 좋은 질문이라고 생각하는 경향이 있다. 특히 창의성이나 사고력을 함양하는 수업일 경우에는 폐쇄형 질문을 부정적으로 바라보기도 한다. 하지만 일반적인 수업에서는 폐쇄형 질문을 더 많이 하게 된다. 나의 경험에 비추어 보면 1시간 수업을 할 때 폐쇄형 질문 10~30번, 개방형 질문 2~3번 정도 하는 것이 가장 적절하다고 본다. 개방형 질문 위주로 수업을 하면 엉뚱한 방향으로 수업이 흘러가고 학습 목표에 도달하기 힘든 경우가 많고 산만해질 수 있다.

어떤 문제에 대해 상대방의 확답을 듣거나 의도를 분명히 알고 싶을 때 던질 수 있는 질문은 여러 가지다. “이것에 대해 어떻게 생각하시나요?”와 같은 부드러운 접근 방식도 있다. 하지만 때때로 옴짝달싹할 여유를 주지 말아야 하는 경우도 있다.

직접적이고 솔직한 답변을 원할 때는 닫힌 질문(폐쇄형 질문)이 효과적이다. “예”입니까? “아니오”입니까? 적절한 방식으로 묻는다면 닫힌 질문은 답변을 이끌어내는 강력한 도구가 된다.

상대방의 확답이나 각오를 듣고 싶을 때, 상대방의 반성을 요구할 때 닫힌 질문이 효과적이다. 상대방이 의심하거나 주저하는지 알고 싶을 때, 더 나아가 상대방의 결정을 요구할 때 닫힌 질문은 강력한 도구가 된다.

상대방이 자유롭게 생각해서 대답하기를 원할 때는 ‘개방형 질문’을 해야 하고, 불필요한 말을 하지 않고 질문자가 의도한 방향대로 답만 말하기를 원할 때는 ‘폐쇄형 질문’을 사용하면 된다. 질문자는 어떤 제한을 두어 질문을 얼마만큼 폐쇄하고 제한을 둘지를 정하기만 해도 질문의 효과는 매우 커진다.

Q20 학생들은 모두 위대한 시인이다

시는 온통 질문이다. 학생들이 직접 시인이 되어 보는 것은 어떨까? "나도 시인입니다"라는 수업! 시만큼 압축된 문장으로 우리에게 감동을 주고, 삶의 의미와 진리를 전달하는 매개체도 드물다.

시인들은 어떤 존재인가. 시인들에게 질문을 한다. 왜 시를 쓰느냐고? 시인들은 목숨을 바치겠다는 각오로 시를 쓴다. 시 창작의 가치가 목숨보다 소중하다고 생각한다. 김수영 시인은 '아슬아슬하게 세상에 배를 대고 물 위를 날아가는 돌팔매의 정신'으로 시를 썼다. 시인은 어떤 경계도 넘어설 수 있는 자격을 부여받았다.

시인의 정신세계는 어느 곳에 정박해 있지 않다. 우리는 여러 가지 이유로 여로형 인생을 살아간다. 여행이 끝나자 또 다른 길이 시작되는 삶을 벗어날 수 없다. 인간의 유한성을 자각한 사람들은 유목(unhomely)을 향해 끊임없이 부유하는 부박한 항해를 한다. 시인은 어떤 경계도 넘는다. 시인은 들고양이처럼, 유성처럼 떠도는 존재다. 시인은 호모 노마드다. 시인은 바람이며, 황사이며, 보트피플이며, 폭설이며, 빛이며, 미럽자이며, 메두사다.

모름지기 수업 시간에 학생들을 시인으로 만들어보는 것이다. "너희들은 시인이다." 학생들에게 자기 이름 옆에 '000 시인'이라고 시인 호칭을 쓰게 한다. 그리고 몇 가지 시 창작 수업을 시도한다.

여기에서는 영재 수업 시간에 실시했던 '시 창작을 통한 창의성 신장 수업'을 간략히 소개한다. 〈신체어를 사용한 기막힌 표현 만들기〉, 〈의인법 만들기〉, 〈역설법 만들기〉, 〈공감각적 심상 만들기〉, 〈비약적인 인과 관계를 표현하는 시 쓰기〉, 〈시적 화자가 겉으로 드러나지 않는 시 쓰기〉, 〈디카시 창작하기〉, 〈내 인생의 시 찾아 발표하기〉 수업을 했다.

● 신체어를 사용하여 재치 있는 표현 만들기

우리말은 감각어가 매우 발달되어 있는데 신체어가 큰 역할을 한다. 손이란 단어를 놓고 보더라도 '손이 크다/ 손맛이 맵다/ 손가락질(을) 하다/ 손바닥(을) 뒤집다/ 손(을) 벌리다/ 손(이) 달리다/ 손을 떼다/ 손을 끊다/ 손에 땀을 쥐다/ 손에 잡힐 듯하다/ 손(을) 뻗치다/ 손을 털다' 등등 기본적인 의미에서 파생된 수많은 관용구를 보여주고 있다. 언어의 유창성은 신체어를 잘 사용하는 것에서 출발해야 한다. 시골 노인들의 언어를 잘 들어보면 신체어 구사 능력이 매우 뛰어남을 알 수 있다. 아래의 예처럼 신체어를 사용하여 재미있고 재치 있는 표현을 만들어보자는 활동을 실시했다. 무척 재치가 넘치는 기막힌 표현들이 쏟아져 나온다.

- 그 말씀, 가슴 깊이 새기겠습니다. → 그 말씀, 좌심방 좌심실에 고이 간직하겠습니다.
- 똥이 안 나오는구나. → 뱃속에서 회의가 있구나.
- 그 정도는 아무 것도 아냐. → 그 정도는 새 발의 피의 적혈구의 헤모글로빈이로군.
- 아, 단풍잎이 예쁘구나. → 뛰어난 비주얼의 단풍잎이 내 시신경을 열심히 마사지 하는구나.

● 의인법 만들기

대상을 의인화시키자. 책걸상이나 장작, 사물, 낫, 볼펜 등등 주변의 사물에 감정을 심어야 한다. 시는 사람을 노래한다. 사람이 아닌 것들도 사람으로 표현해야 한다. 의인법은 시 창작의 기본 조건이다. 더 나아가 사물이라는 객체를 사람이라는 주체로 전도시키는 것이다.

늙은 산벚나무가 온 산을 먹여 살리고 있었다 가부좌 틀고 앉은 벙어리 부처를 먹이고, 벌떼 같은 하늘과 구름을 먹이고, 떼쟁이 햇살과 바람과 새를 먹이고, 수시로 엿듣는 여우비를 먹이고

— 임경림의 「산벚나무를 묻지 마라」 중에서

☞ 늙은 산벚나무를 의인화했다. 산벚나무 꽃이 화들짝 피어 꽃잎이 사방팔방으로 흩날리는 모습을 온 산을 먹여 살리고 있다고 표현했다. 퉁퉁 젖이 부은 산모로 의인화했다.

● 역설법 만들기

"찬란한 슬픔의 봄", "소리 없는 아우성", "두 볼에 흐르는 빛이/ 정작으로 고와서 서러워라", "아아, 님은 떠났습니다만, 나는 님을 보내지 아니하였습니다"의 예에서 보듯이 언어 표현 그 자체에서 서로 모순되고 상충되는 진술을 통해 그 너머의 숨겨진 진실을 드러내고자 한다. "높으려 하는 자 낮아지고, 낮으려 하는 자 높아진다", "주려고 하는 자 부자되고, 받으려 하는 자 가난해지며, 살려고 하는 자 죽을 것이고, 죽으러 하는 자 살게 된다", "비워야 찬다", "가장 약한 것이 가장 강한 것이다" 등등. 이미 익히 알고 있는 뭉클한 표현들이 역설법에 해당한다. 중고등학생들이 역설법을 직접 만드는 일은 쉽지 않다. 하지만 물꼬만 트면 금방 만들어낸다. 문학 수업 시간에 학생들이 만든 역설법 몇 가지를 소개한다. 그 이유를 말해보라고 질문을 던지면 숨어 있는 진리를 잘 얘기한다. 차원 높은 창의적인 질문에 해당한다.

추한 아름다움이다./ 시끄러운 묵상이다./ 흙탕물의 맑음이다./ 뜨거운 얼음덩어리다./ 환한 어둠이다./ 시꺼먼 눈부심이다./ 고요가 가득한 텅 빈 들판이다./ 영원한 찰나다./ 대초원의 비좁은 다락방이다.

● 공감각적 심상 만들기

시는 보이지 않는 것도 보이는 것으로, 들리지 않는 것도 들리는 것으로 형상화하는 것이다. 시는 오감으로 표현하는 것이다. 감각은 순결하며, 순연하며, 가장 원초적이며, 원시적이다. 살아 있는 모든 것은 감각한다. 추상적인 것도 구체화시킨다. 기억은 감각의 변주곡이다. 기억은 감각 속에 저장되어 있는 것이다. 소리만으로도 세상과 소통할 수 있다. 감각은 소통의 도구다. 감각이 없으면 소통도 불가능하다. 감각은 의학, 과학, 심리학, 인문학에 걸쳐 있다. 두 가지 이상의 감각을 서로 섞는 것을 '공감각'이라고 한다. 공감하는 세상을 위해, 더욱 감각의 순연한 진화와 발달을 위해, 숨어 있는 본질을 끄집어내기 위해, 감성과 정서를 더 강조하기 위해 시인은 공감각적 이미지를 만든다.

'새파란 초생달이 시리다./ 분수처럼 흩어지는 푸른 종소리/ 금빛 게으른 울음/ 웃음소리가 꽃잎처럼 흩어져 있다'

시 창작은 요리하기를 닮았다. 음식은 눈으로 즐기고, 혀로 즐기고, 씹히는 소리까지 즐기고, 영양소를 잘 배합해야 한다. 시는 언어를 가지고 지글지글 오감 만족의 맛을 내야 한다.

그 동안 마른잎에 숨어 있던 손톱만 한 개구리 한 마리 물 속으로 뛰어 들었다.

멀리 지구라는 늙고 병든 소행성에서 모처럼 들리는 첨범! 하는 소리

— 유재영의 「소행성」 중에서

☞ 개구리 한 마리가 온 우주를 뒤흔들어 놓았다. 개구리 소리가 명왕성까지 흘러갔다. 청각적 심상으로 우주적 생명 원리를 포착했다.

● 비약적인 인과 관계를 표현하는 시 쓰기

시는 근본적으로 재미있고 가벼운 상상력으로부터 출발해야 한다. 그러다가 차츰 직관과 사색을 겸한 기발한 상상력의 단계로 나아가야 한다. 다른 사람이 생각하지 못하는 기발한 상상력이야말로 참신한 시의 기본적 자질이다. 엉뚱한 상상력이 없는 시는 재미도 없고 참신하지도 않을 가능성이 많다.

가난한 내가
아름다운 나타샤를 사랑해서
오늘 밤은 푹푹 눈이 나린다

— 백석 「나와 나타샤와 흰 당나귀」 중에서

☞ 눈이 내리는 이유가 내가 나타샤를 사랑하기 때문이란다. 인간의 사랑 때문에 자연 현상이 발생한다는 이 엉뚱하고 기발한 인과 관계! 비과학적이고 터무니없는 인과 관계! 하지만 시에서는 허용이 된다. 시의 상상력은 전혀 비과학적이고 비논리적일지라도 허용한다. 이런 시 창작을 하고 서로 발표하고 공유하고, 질문을 하면 창의성을 함양하는 좋은 수업이 될 수 있다.

● 시적 화자가 겉으로 드러나지 않는 시 쓰기

감정을 절제하는 시를 쓸 것인가? 관조적이고 사색적인 시를 쓸 것인가? 아니면 격정적인 시를 쓸 것인가? 의지적인 시를 쓸 것인가? 슬프거나 한의 정서를 드러내는 시를 쓸 것인가? 성패는 시적 화자를 숨기느냐 아니면 드러내느냐의 여부에 달려 있다.

늦은 저녁때 오는 눈발은 말집 호롱불 밑에 붐비다
늦은 저녁때 오는 눈발은 조랑말 발굽 밑에 붐비다
늦은 저녁때 오는 눈발은 여물 써는 소리에 붐비다
늦은 저녁때 오는 눈발은 변두리 빈터만 다니며 붐비다.

— 박용래 「저녁눈」 전문

위 작품은 시적 화자뿐만 아니라 시적 청자도 없고 등장인물도 없다. 자연 풍경만 보여준다. 이런 시는 감정이 절제되어 있고, 차분하다. 박용래의 「저녁눈」을 패러디하여 '저녁안개', '아침노을', '저녁비' 등등의 시제로 시적 화자가 드러나지 않는 시 창작 수업을 시도한다면 학생들은 금방 '시적 화자'와 '정서'와 '어조'를 체득할 수 있다. 프랑스 작가 샤토브리앙은 '독창적인 작가란 누구도 모방하지 않는 작가가 아니라 아무도 모방할 수 없는 작가이다'라는 명언을 통해 모방의 본질을 잘 표현했다. 예술은 자연의 모방이며, 정서의 모방이며, 이데아의 모방이며, 감정미학의 확장이다. 이전 예술가들의 작품을 모방하는 것은 창조적 행위를 위해 거쳐야 할 필수 단계이기도 하다.

● 내 인생의 시 찾아 발표하기

시의 효용성은 무엇일까? 감동을 주는 것이다. 공감하는 것이다. 나와 내 이웃의 인생의 한 장면을 보여주는 것이다. 나와 상관없는 암호풀이가 아니다. 수능 시험에서 높은 점수를 받기 위한 공부로 국한되어서는 안 된다. 시는 반드시 내 인생과 결부되어야 한다. "어, 저거 내 인생인데!", "어, 저거 우리 주변의 이야기인데!"라는 느낌이 들어야 올바른 시 교육이다. '30년 후에 내 자신에게 바치고 싶은 시 1편을 고르시오', '60년 후 내 장례식을 찾은 이들에게 바치고 싶은 시 1편을 고르시오' 등등의 〈내 인생의 시 3편 고르기〉 수업을 한다. 내 인생과 관련된 시를 골라 과제를 수행했으면 자신이 고른 시를 낭송하고 발표를 한다. 시는 정서가 있다. 끓어오르는 갑갑함과 분노의 감정이 있을 수 있다. 의지적인 어조가 있을 수 있다. 절망의 어조, 슬픔의 어조, 환희의 어조, 성찰의 어조가 있을 수 있다. 이런 어조와 정서를 자신의 인생과 결부시켜서 발표하도록 잘 유도하면 훨씬 더 실감나는 시 낭송 및 발표가 될 것이다.

● 디카시 창작하기

디지털카메라로 사진을 찍고, 사진과 관련된 짤막한 시를 창작하는 것이다. 스마트폰은 모든 사람을 사진작가로 만들었다. 이 세상에는 감동의 순간이 널려 있다. 이 세상은 역동적이다. 이 세상은 찰나를 건너고 있다. 이 세상은 너무나 아름다운 순간들로 넘쳐난다. 스마트폰은 넘쳐나는 순간의 아름다움을 놓치지 않고 순식간에 포착한다. 스마트폰으로 인해 인간의 감각은 더 빠른 속도로 진화한다. 아름다운 순간을 포착하는 사람들이 정말 많아졌다. 그냥 무심코 지나칠 수 있는 주변의 일이나 현상을 스마트폰으로 담아내서 짤막한 단상이나 느낌을 적는 일이 우리 사회의 전면적인 문화 현상이 되었다. 다름 아닌 '디카시 창작'이다. 수업 시간에 디카시 창작 활동을 한 후에 발표를 시키면 정말 기상천외한 감동의 물결이 일렁이고, 학생들의 박수와 환호성이 저절로 터져 나온다.

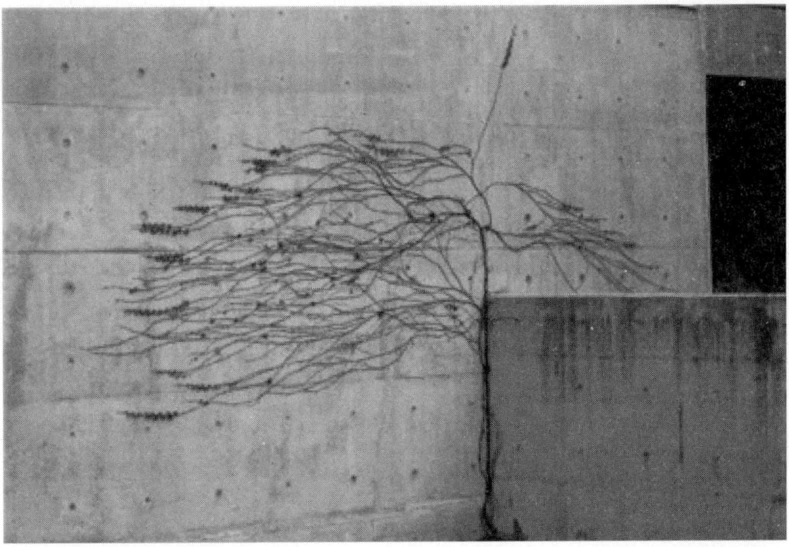

디카시. 최종천 시인의 시 「담쟁이 넝쿨」

담쟁이넝쿨이 그린 담쟁이넝쿨이다
넝쿨이 넝쿨을 그렸을 뿐인데,
시멘트 벽에도 혈관이 흐른다

— 최종천 「담쟁이 넝쿨」 전문

Q21 모던보이는 전위적이고 실험적인 질문자다

모던보이 이상의 수필에는 놀라운 비유법, 천재적인 상상력과 영감의 표현으로 가득 차 있다. 「권태」는 실존적인 사유를 가능케 하는 근본적인 감정이며 철학적 질문이다.

이상(본명 김해경)은 시, 소설, 산문 세 영역에서 모두 일가를 이룬 1930년의 대표적인 모더니즘 작가다. 교과서에 실린 일제 강점기의 수필은 민태원 「청춘예찬」, 현진건 「불국사 기행」, 김진섭 「매화찬」 등 13편이 있다. 이상의 수필은 일제 강점기 산문 문학을 대표한다. 이런 의미에서 이상의 산문 2편 전문을 읽어보고 이를 통해 이상의 수필이 지닌 품격과 높은 문학적 수준을 감상하는 수업을 했다.

교과서에는 지면 관계상 작품의 전문을 실을 수 없었다. 작품의 전문을 읽어보도록 한다. 이상의 수필에는 놀라운 비유법, 천재적인 상상력과 영감의 표현이 곳곳에 나온다. 은유, 직유, 대조, 대유, 연쇄법, 공감각적 이미지, 추상적인 대상을 시각화한 문장 기법으로 가득 차 있다. 또한 한자어, 고유어, 시대적 특징을 알아야 하는 문화어가 풍부해서 독

칠판을 5등분해서 각 모둠에 나눠주고 탐구 결과를 가득 적고 발표하도록 했다.

해가 쉽지 않다. 이런 문장을 3곳 이상 찾아서 발표해 보는 수업을 통해 작품의 진수를 감상한다. 이상의 작품을 읽으면 저절로 질문이 쏟아지고, 질문이 만들어진다.

수업은 5단계로 나누어 진행을 했다.

● 1단계 — 이상에 대한 평가 소개

- 시, 소설, 산문 영역에서 모두 천재적인 감각을 보여준 뛰어난 작가(김윤식 교수)
- 병적인 자의식과 우울한 시니시즘(김윤식 교수)
- 자유분방한 형식과 역설의 재치와 독특한 난해함(방민호 교수)

- 이상(李箱)이 곧 내게는 암호였고 암초였다. 이상은 사람이 아니라 희대의 충격적 사건이다(고은 시인)
- 한국현대문학 최초로 도시의 군중에게 고독한 개인의 지위를 부여한 작가(주현진 교수)
- 산책하는 지식인, 모던뽀이 이상(장석주 시인)
- 잉크로 글을 쓰지 않고 제 혈관을 짜서 시대의 혈서를 쓴 작가(김기림 작가)

● 2단계 — 수능 시험과 이상의 작품

- 수능 시험에 나왔던 이상의 작품

산문「권태」(2014년), 소설「날개」(2007년), 시「시 제4호」(2003년)

- 수능 모의고사 및 EBS 교재와 문학 교과서에 나오는 이상의 작품

시「거울」,「오감도」,「가정」,「운동」, 소설「날개」, 산문「권태」,「산촌여정」,「조춘점묘」

● 3단계 — 보들레르와 이상의 유사점

- 보들레르 시집『악의 꽃』, 보들레르 산문집『파리의 우울』은 환멸의 여행이다.
- 권태는 철학적 사유를 가능케 하는 근본적인 감정. 권태는 처절한 내면적 사투(보들레르)
- 이상은 보들레르와 랭보의 영향을 받은 인물이다.

● 4단계 - 이상의 「산촌여정」과 「권태」 특징 및 구성 알기

「산촌여정」

산촌의 객주집 방(저녁, 밤)	• 도회에 남겨놓고 온 일과 가족에 대해 걱정 • 팔봉산의 동물들과 어둠 • 맑은 공기와 별빛을 생각 • 석유 등잔과 베짱이 소리에 대한 느낌 • 도시에서의 소년 시대를 회상함	교과서 수록
아침에 일어난 뒤의 풍경	• 객주집 마당에 핀 화초와 수수깡 울타리의 여주, 기생화, 청둥호박, 유자, 호박고자리에 무시룩떡, 꿀벌에 대한 느낌	교과서 수록
낮에 팔봉산에 오름	• 송덕비와 옥수수밭, 시골 아가씨에 대한 감상 • 산촌 사람들의 일상	미수록
밤이 되어 벌어지는 마을 풍경	• 주민들이 마당에 모여 영화 감상을 함 • 객주집으로 돌아와 독서를 하면서 우울과 근심에 빠져듦	미수록

「권태」

제1장	• 변함없는 자연도 권태(환경의 단조로움) • 의미없는 장기 두기도 권태(생활의 단조로움)	교과서 수록
제2장	• 한없는 초록색 자연도 권태(환경의 단조로움) • 흥분이 없는 농민들도 권태(생활의 단조로움)	교과서 수록
제3장	• 짖지 않는 개들도 권태	미수록
제4장	• 개의 교미 활동도 권태 • 세수를 따라하는 주인집 아이도 권태	미수록
제5장	• 송사리 떼의 움직임을 보고 느끼는 권태 • 식욕의 즐거움을 모르는 소의 되새김질도 권태	교과서 수록

제6장	• 돌과 풀을 가지고 노는 아이들의 놀이도 권태 • 똥 누기 놀이를 하는 아이들의 모습도 권태	미수록
제7장	• 삶의 방향을 상실한 불나비도 권태 • 멍석 위에서 잠 자는 사람들을 보며 권태 • 자신의 생활을 권태의 극권태라고 느낌	교과서 수록

● 5단계 — 모둠 프로젝트 활동

모둠	활동 내용
1조(1~8번)	「권태」에서 사물과 풍경을 주관적으로 인식하는 인상적인 문장을 2개 정도 찾아서 낭송하고, 그 이유와 느낌을 말해보자.
2조(8~15번)	「권태」에서 가장 독특하고 참신한 표현법을 찾아서 낭송해 보고, 그 느낌과 이유를 말해보자.
3조(16~22번)	「권태」의 한 대목을 연극으로 표현해보자.
4조(23~29번)	「산촌여정」에는 시골의 자연 현상을 도시적 풍물에 비유한 부분이 매우 많이 나온다. 찾아서 발표해보자. (정감어린 시골 정서와 도시적 이미지의 결합)
5조(30~37번)	「산촌여정」에서 놀라운 비유법, 천재적인 상상력과 영감의 표현이 곳곳에 나온다. — 다양하고 참신한 비유법을 찾아 발표해보자. — 추상적인 대상을 구체화한 표현법을 찾아 발표해보자.

모둠 활동을 하기 전에 교사가 먼저 예를 들어준다. 교사가 "나는 이런 문장을 찾았다. 이런 문구를 찾았다. 이유는 ~ 때문이다. 그러니 너희들도 조별로 찾아서 그 이유를 발표하도록 하자"고 모둠별 탐구 활동의 방법과 방향을 알려준다.

교사가 알려주어야 할 것은 「권태」에서 다양하고 참신한 비유법, 사물과 풍경을 주관적으로 인식하는 인상적인 구절, 「산촌여정」에서 정감어린 시골 정서와 도시적 이미지의 결합한 부분, 다양하고 참신한 비유법, 추상적인 대상의 구체화한 문장에 대한 예시를 한 가지 정도 제시해 준다.

● 6단계 — 모둠 발표 활동

모둠별 대표자 1명씩 교탁에 나와서 아이패드로 발표, 또는 칠판에 판서하면서 발표할 것.

- 모둠별 발표 시간 : 각 5분(5조 × 5분 = 25분)
- 발표 학생은 다른 학생들과 질의 응답을 할 수 있도록 한다. 발표자의 발표가 끝나면 큰 박수로 호응한다.
- 발표자는 아이패드를 이용하여 화면을 띄워놓고 시각적 효과를 보여주면서 즉각적인 상호작용을 실시한다.
- 모둠별 활동지에 적극적으로 쓰고, 기록하는 모습을 보인다.

Q22 질문은 인생과 세상을 바꾼다

아이들은 끊임없이 질문한다. 어른들은 한때 '질문이 많은 아이들'이었다. 묵상과 명상도 질문이다. 질문은 삶을 움직이게 한다. 삶을 움직이게 하는 것이 수업이라면, 수업은 곧 질문이다.

『어른을 일깨우는 아이들의 위대한 질문』(제마 엘윈 해리스)이라는 책에는 아이들의 질문이 수록되어 있다. '세상은 왜 어른들 맘대로 하나요?', '인간은 어떻게 처음 글 쓰는 법을 배우게 됐나요?', '나라들이 왜 이렇게 많은가요?', '어떻게 사랑에 빠지게 되나요?', '전쟁은 왜 하나요?' 등.

그럼 이렇게 발칙한 질문들에 정성스런 답을 해준 사람들은 누구일까? 놀랍게도 우리가 이름만 들으면 알 만한 유명한 전문가들이 정성스런 답을 해주었다. 언어학자 노엄 촘스키, 작가 알래 드 보통, 스타 셰프 고든 램지, 예술인 트레이시 에민, 진화 생물학자 리처드 도킨스 등.

아이들의 눈으로 본 세상은 무엇 하나 '당연한' 것이 없고 '왜?'와 '어떻게?'로 시작하는 질문투성이다. 잊고 살지 몰라도 우리 역시 한때 '질문이 많은 아이들'이었다.

"우주는 얼마나 먼가요"라는 질문에 마커스 초운은 "사실 우주는 우리가 사는 집 문 앞에서 36킬로미터밖에 떨어져 있지 않다"는 점을 상기시켜 준다. 물론 굉장히 힘들기 때문에 많은 불평이 나오겠지만, 충분히 걸어서 갈 수 있는 정도라는 친절한 설명까지 덧붙여서. 아이들의 질문에 대한 코미디언들의 '엉뚱한' 답도 있다. "벌레를 먹어도 될까요?"라는 질문에 오지 생존 전문가인 탐험가 베어 그릴스는 벌레의 영양을 고민하고 자신의 체험을 더해 설명했지만 코미디언들은 이렇게 답한다. "엄마가 안 볼 때만요."(사라 밀리칸), "벌레한테는 안 괜찮지요."(클라이브 앤더슨)

이 세상은 온통 질문으로 가득 차 있다. 질문이 아닌 것이 없다. 아이들에게만 그런 것이 아니다. 커 가면서 우리는 질문의 힘보다는 습관의 힘으로 살아가려 한다. 습관은 고착화이지만, 질문은 유목화다.

대화 속에도 질문이 있고, 침묵 속에도 질문이 있다. 질문의 범위는 끝이 없다.

수업 시간 밖의 대화 속에 질문이 차지하는 비중은? 채 10%도 되지 않을 것이다. 그냥 자기 얘기를 하는 것이다. 그냥 남 얘기를 하는 것이다. 엄마, 친구, 연예인, 뉴스, 축구 선수에 대해 얘기를 하는 것이다. 누구에게나 대화는 인생의 커다란 즐거움 가운데 하나다. 대화 상대가 없으면 애완견이나 꽃, 접시, 밥, 텔레비전, 스마트폰과 대화를 나눈다. 우리는 끊임없이 누군가의 얘기를 듣고, 대화를 나누고 떠벌린다.

질문은 윤활유 역할을 한다. 참기름 역할을 한다. 상대방이 좋아하는 소재를 가지고 질문하라. 공감을 하면서 추가 질문을 하라. 상대방이 정치를 좋아하면 정치적인 질문을 하라. 상대방이 야구를 좋아하면 야구에 대한 질문을 하라. 가장 친근한 이야기꺼리로 질문을 만들어라. 최근에 본 영화 얘기를 해도 좋다. 상대방의 전공 분야를 건드리는 질문을 하라.

질문으로 유혹을 해야 한다. "유전자 가위에 대해 아세요?", "아이언맨에 나오는 헐크, 아이언맨, 토르, 호크아이는 모두 허점이 많은 영웅들인 듯합니다. 당신의 생각은 어떤가요?", "알리바바의 마윈 회장은 어떻게 갑부가 되었을까요?", "미인이네요. 뷰타 상품 중에 좋은 거 있으면 소개해주실 수 있어요?" "〈개그콘서트〉 자주 보시나요?" 등등 질문을 통해서 상대방의 관심사나 전문 지식, 흥미, 적성, 사고방식 등을 알아낼 수 있고 어떤 공감대를 이끌어낼 수도 있다. 위트가 있는지, 농담을 좋아하는지, 진지한 대화를 원하는지, 재미있는 대화를 원하는지, 어떤 음식을 좋아하는지를 확인하는 질문도 필요하다.

인도에서는 수업 시간에 종종 참선과 명상을 한다고 한다. 철학 시간에도 하고, 체육 시간에도 한단다. 히말라야 산맥의 수도원으로 수학여행을 가서 이틀 동안 명상을 하고 오기도 한단다. 명상은 근원적인 질문의 형태다. 침묵이야말로 가장 본질적인 자아 탐구형 질문일 수 있다. 우주 원리와 삶에 대한 근원적인 질문과 깨달음은 침묵과 묵상과 명상에 있는지도 모르겠다. 안으로 침잠하는 소극적인 학생과 늘 과묵하신 선생님이 더 큰 질문을 하고 있는 것은 아닐까?

하지만 질문은 상호 소통과 협력과 활력을 밑바탕에 깔고 있다. 서울

시 교육 목표인 질문이 살아나는 수업의 개념 세 가지를 보면 '상호 소통이 활발한 교실', '협력하고 함께 생각하는 교실', '활기가 넘치는 교실'이다. 활발, 활력, 활기, 소통, 협력! 질문과 대답이 쏟아지는 교실이다.

수업 시간에 선생님 혼자만 실컷 떠들면 상대방에 대해 아무 것도 알아내지 못한다. 불통의 수업이다. 학생들과 교감이 없는 수업이 된다. 교사만 얘기하면 교사에게 스포트라이트가 쏠리는 셈이 된다. 학생들이 자발적으로 활발하게 참여하기가 쉽지 않다. 학생들의 반응을 유도하기 위해서라도 수업 도중에 종종 질문을 던져야 한다.

"표절 문제에 대해 내 생각은 이런데 네 생각은 어떠니?"

"좀 더 자세히 얘기해줄 수 있겠니?"

학생이 좀 더 자신의 의견을 개진하면 "와, 똑똑한데!"라고 칭찬을 해주어야 한다. 상대방이 똑똑하다는 인상을 받도록 해야 한다. 그러면 점점 더 깊이 파고드는 수업이 가능해진다. 질문이 신뢰를 쌓게 만들고, 신뢰는 더 깊은 질문을 하도록 만든다.

수업을 하고서도 배움의 기쁨을 얻지 못할 때가 많다. 지식의 습득은 너무 막연하고 피부로 와 닿지 않아서 배움의 기쁨을 만끽하기가 어렵다. 그렇더라도 수업은 배움이라는 인식을 자꾸 상기시킬 필요가 있다. 배워서 남 주니? 오늘 수업 시간의 경험 중에서 가장 기억에 남는 것을 한 가지만 얘기해줄 수 있겠니? 이번 시간에 언급한 단어 중에서 가장 기억에 남을 단어가 무엇이니? 수업 시간에 함께 익혔던 새로운 단어들은 더 많은 걸 말할 수 있게 도와주고, 더 많은 걸 생각할 수 있게 도와주고, 더 깊고 넓고 더 자유롭게 세상을 볼 수 있도록 도와준다. 특정 단어가 들어간 문맥을 만들어준다. 이상의 「권태」라는 작품을 배우면서 '시니시즘(Cynicism, 냉소주의)'라는 새로운 용어를 배웠다면 수업 종료 전에 특정 학생에게 이 용어가 들어간 문장을 만들어보라고 시킨다. "정치에 대한 국민들의 시니시즘이 팽배해 있습니다." 이런 대답이 나왔다면 '시니시즘'을 매우 정확히 사회 현상에 적용한 학생이다.

질문은 사람을 움직이게 한다. 사람을 움직이게 하는 것이 수업이라면 수업은 곧 질문이다. 세상의 모든 사고와 관계는 질문에서 출발한다. 질문이 인생을 바꾸게 할 수도 있다. 그래서 수업 시간에 교사는 질문을 외면하고 싶은 충동을 종종 느낀다. 아, 어쩌랴! 질문을 던지는 것이 교사의 숙명이고, 수업의 본질인 것을!

제4장

상대를 사로잡는 마법 같은 질문법

Q23 칠판 앞에 학생이 더 많이 서야 한다

칠판과 교탁 앞에 교사보다는 학생들이 더 많이 서야 하는 것은 아닐까? 칠판과 교탁의 주인은 학생이 아닐까? 칠판은 질문의 '어디로든 문'이다.

나는 수업 시간마다 최소 2명의 학생을 교탁에 세운다. 3월에는 공부 잘 하는 순서대로 세운다. 그러다가 다음에는 급우들에게 인기가 많은 학생을 세운다. 또 노래를 잘 부르거나, 마술을 잘 하거나, 목소리가 좋거나, 농담과 유머를 잘 구사하거나, 매우 까불거리거나 순한 학생들을 세운다. 마지막으로 공부에 흥미를 느끼지 못하거나 소심하고 내성적인 학생들을 교탁에 세운다. 어쩌다보니 이런 순서가 되었다. 교탁 앞에 학생들을 세우는 일은 모험에 가깝다. 자칫 수업 분위기를 흐릴 수도 있고, 수업의 몰입도를 방해할 수도 있다. 두세 번 연속해서 망치는 수업이 3월에 이어지면 후광 효과로 인해 1년 내내 힘들어질 수 있다. 그래서 3월 달에는 발표력이 뛰어난 학생을 칠판 앞에 세워서 발표 수업의 모범을 보여야 한다.

교탁에 서서 보면 학생들의 정신세계, 눈빛, 공부 습관이 한눈에 보이는 마법 같은 일이 벌어진다.

칠판은 마법을 부린다. 학생들은 칠판에 무언가를 채우고 싶어한다. 칠판을 오목판으로 만들기도 한다. 칠판에 그림을 그리거나 낙서를 하고 싶어한다. 칠판에 수학 공식을 쓰거나 수학 문제를 풀고 싶어한다. 학생들에게 칠판은 연습장이다. 도화지다. 화선지다. 악보다. 낙서장이다. 악기다. 학생들에게 칠판은 시집이고 소설책이다. 칠판은 세계지도다. 칠판은 꿈틀(꿈을 담는 틀)이다.

수업 시간마다 최소 2명 이상의 학생을 칠판 앞으로 불러내어 무언가를 표현하고, 적도록 해야 한다. 칠판을 3~8토막으로 나누어서 학생 개개인에게 텃밭처럼 분양을 하는 수업을 해야 한다. 칠판에 만화, 낙서, 그림, 기호를 집어넣도록 하자. 칠판은 엄청 다양한 생각과 상상력을 품고 싶어한다. 학생들의 손에 분필을 쥐어 주자. 칠판의 주인은 학생이 되어야 한다. 칠판은 망망대해다. 학생들은 망망대해를 헤엄치는 고래, 명태, 갈치, 참치, 새우다.

교탁은 궁예다. 교탁에 서면 관심법을 부릴 수 있다. 책상에 앉아 있는 학생들이 눈에 다 들어온다. 저 학생은 멍때리고 있군, 저 학생은 지금 유체이탈이군, 저 학생은 지금 음큼한 생각을 하고 있군, 저 학생은 떠들고 있고, 저 학생은 음악을 듣고 있고, 저 학생은 핸드폰을 만지작거리고 있고, 저 학생은 지금 화장실을 가고 싶어하는군. 학생들의 속마음까지 읽어낼 수 있다. 교탁은 신내림의 장소다. 교탁 앞에 서면 용한 보살, 용한 백운거사가 될 수 있다.

교탁은 무대다. 소리를 지를 수 있다. 교탁—소리질러! 교탁에서는 모든 발언을 할 수 있는 자유와 권리가 있다. 교탁은 자유, 상상, 예능, 권위를 가졌다.

나에겐 교탁과 관련된 아주 생생한 기억이 있다. 중학교 2학년 때 분수로 되어 있는 일차부등식을 배웠다. 선생님이 다섯 명의 학생을 불러내어 칠판에 풀게 했다. 나 혼자 풀었다. 네 명의 학생이 풀지 못하고 틀렸다. 그것을 나보고 모두 풀어보고 학생들에게 설명하라고 했다. 나는 다 풀고 친구들에게 설명을 했다. 선생님이 박수를 쳤다. 학급 친구들이 모두 기립박수를 치고 환호성을 질렀다. 나는 그 기억을 평생 잊을 수 없다.

중학교 3학년 무더운 여름이었다. 국사 시간에 졸았다. 국사 선생님께서 나를 호명하더니 교탁 앞으로 나오라고 했다. 사육신과 생육신을 설명해보라고 했다. 나는 꾸역꾸역 설명을 했다. 학생들이 박수를 쳤고, 선생님도 흡족해 하셨다. "야, 너는 졸면서도 어찌 수업 내용을 아느냐? 신기한 녀석이다"라고 한 말씀을 30년이 지난 지금도 생생하게 기억하고 있다.

칠판을 활용하고, 교탁 앞에 섰던 경험은 평생 잊을 수가 없다. 학생이 선생의 입장이 된 것이다. 중학생이었던 나는 "장인수 선생"이라는 말을 들었다. 중학생이 선생이 된 것이다. 교탁에 서서 발표한 내용은 즉각 장기 기억에 저장된다고 한다. 엄청난 학습 효과에 해당한다.

교탁과 칠판에 질문을 해보자. 교사와 학생 중에 누가 더 질문을 많이 하는가? 교사들이 더 많이 하는가? 교사보다 학생들의 숫자가 훨씬 많다. 그렇다면 학생들이 질문을 더 많이 하는가? 질문을 많이 하는 학생들은 똘똘한 학생인가? 귀찮은 학생인가? 스스로 해결하지 못하고 선생님에게 기대는 학생인가? 공부를 못하는 학생인가?

우리 교사들은 '질문 잘하는 학생이 성적도 높을 것'이라고 대부분 생각한다. 학생들이 질문을 많이 하도록 유도하는 교수법이 절실하고, 교사도 그런 교수법 개발과 적용 등을 위해 변화해야 한다는 점을 교사 스스로가 인정하고 있다.[18)]

질문을 많이 하는 학생이 수업 참여도도 높아지고, 성적도 향상될 가능성이 높을 것이라고 생각한다. 그런데 그런 학생에 대한 교사들의 호

---

18) 한국일보는 2011년 4월 14~16일까지 〈질문이 사라진 교실〉이라는 집중기획 기사를 실었다. 그 기사를 읽고 나는 도대체 믿기지 않았다. 일부 학교에서는 봄비에 흠뻑 젖은 들판의 곡식처럼 교실 현장에서 질문 수업이 싱싱하게 살아나고 있었기 때문이다. 아닐까? 나를 성찰하게 하는 기사였다. 그때부터 나는 〈질문이 살아나는 교실〉을 만들기 위해 노력했다. 한국일보에 감사하다.

교탁 앞에 서면 학생들도 선생님이 되고, 선생님 이상의 능력을 발휘한다.

칠판의 용도는 무궁무진하다.

감도는 높을까? 혹시 찰거머리처럼 귀찮은 녀석이라고 외면하지는 않았는가? 수업 중 학생들의 질문을 유도하기 위해 적극 노력한다면서도 학생들의 엉뚱한 질문은 타이르거나 무시하는, 일견 모순적인 상황을 학교 교실에서 연출하고 있는 것이다. 교사들은 학생들이 겁내지 않고 질문할 수 있는 환경을 조성하는 데 서툴다. 학생들의 엉뚱한 질문을 수업을 방해하거나 다른 학생에게 피해를 줄 수 있다고 생각한다. 또는 교사의 권위에 도전하는 것이라고 생각하기도 한다.

학생들이 엉뚱한 질문을 해도 이를 인정하고 수업에 도움이 되도록 이끌어 가는 능력이 교사들에게 요구된다. 그리고 어떠한 엉뚱한 질문도 학생들에게는 가장 의미 있는 질문일 것이라고 교사는 생각해야만 한다. 설명 위주의 일방적인 수업은 폭력이나 마찬가지다. 교사가 물으면 답하는 방식의 수업은 공부를 잘 하는 학생에게만 유효하다. 학생들이 별 볼일 없는 질문을 해도 다른 학생들 앞에서 망신을 주지 않고 끊임없이 학습 동기를 촉발하는 발문법이 필요하다.

학생을 선생님으로 모시자. 수업 중에 서너 명의 학생을 교탁에 세우자. 50분 수업 중에 25분 정도는 교탁과 칠판을 학생에게 돌려주자. 그러면 질문이 자동적으로 살아난다. 학생들은 질문덩어리다. 질문의 꽃이고, 질문의 새이며, 질문의 구름이고, 질문의 강물이고, 질문의 바람이며, 질문의 폭포다. 교사가 질문을 하기 전에 자기들끼리 질문을 한다. 교탁 앞에 세우면 친구들에게 질문을 퍼붓고, 선생님에게 질문을 쏟아낸다. 시키지도 않았는데 질문을 한다.

Q24 감탄사와 리액션은 질문의 유재석이다

'쩔어', '간지난다', '리액션'은 훌륭한 질문에 해당한다. 감탄사와 리액션은 멋진 질문이다. 질문은 유느님이다.

'쩔어, 헐, 심쿵해, 음오아예…….'

이런 단어도 있었나? 요즘 한창 인기 있는 대중가요의 제목이다. '쩔어'는 '잘 한다, 말하지 못할 정도로 대단하다'는 뜻이다. '헐'은 놀라거나 어이없을 때 내지르는 탄성의 의미다. '심쿵해'는 '심장이 쿵쾅쿵쾅 거린다'는 뜻이다. '음오아예'는 멋진 이성을 보고 반했을 때 나오는 감탄사다. 모두 10대들의 감탄사에 해당한다.

감탄할 일이 많다는 것은 좋은 것이다. 어떤 녀석이 수업 시간에 나를 보고 '개간지'라고 말했다. 처음에는 스승을 욕하는 것으로 알았는데 나중에 알고 보니 '간지(感じ)'는 일본어로서 멋있다거나 폼난다고 할 때 쓰는 긍정적인 용어였다. 일본어를 섞어 쓰는 것도 국제화 시대에 자연스러운 일인지도 모른다. 그래서 나도 녀석에게 '개간지난다!'라고 칭찬

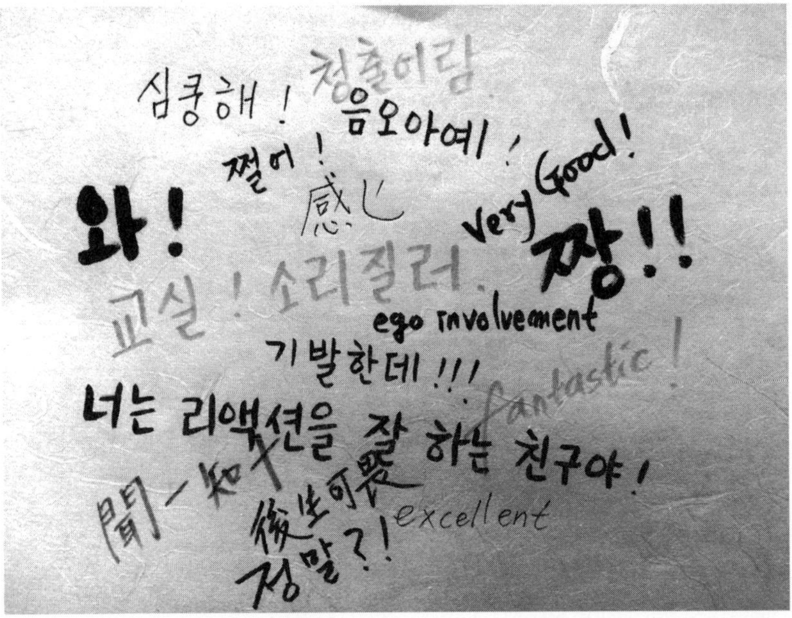

감탄사와 칭찬은 강렬한 임팩트를 심어준다.

해 주었다.

야구장에서는 수시로 탄성이 터져 나온다. 홈런! 안타! 스트라이크! 관중석이 꽉 찬다. 열광의 도가니다. 교실은? 1교시는 1회, 2교시는 2회……. 교실도 야구장처럼 탄성과 환호와 박수가 터져 나오면 안 되나? 차분하고 조용한 수업만이 능사인가? 수업은 즐거워야 한다. 즐거우면 감탄사가 터져 나오고, 상대방의 좋은 점을 더 많이 보게 되고 칭찬이 나온다.

노원구의 모 고등학교 국어 수업 컨설팅 장학을 간 적이 있었다. 40대 초반의 여자 선생님께서 수업을 진행하셨다. 그런데 수업 시간 내내 감탄사 한 번 써먹지 않았다. 맥이 빠졌다. 수업에 흥이 없었다. 수업에 적극 참여하는 학생들은 몇몇 있었으나, 즐거움을 느끼는 것 같지는 않았다.

칭찬과 감탄사가 많은 수업이 좋은 수업이다. "아! 멋지군! 기발한데! 잘 했어! 네 대답은 홈런이야. 너의 반응은 2루타 2타점이야" 등등 학생들의 자아 관여(ego involvement)와 자존감을 높여주는 수업을 위해서는 칭찬과 감탄사만큼 좋은 처방은 없다. 가끔씩 교실, 소리 질러! 교실아, 버즈 러닝(buzz learning)을 하자. 청출어람(靑出於藍)인데! 이런 말 한마디가 학생들의 기를 살린다. 더 적극적으로 수업에 참여하고 질문을 만들어낸다.

더 나아가 칭찬과 감탄사 릴레이 수업을 해보면 어떨까. 예를 들어 수업 시간마다 2명씩 누군가를 칭찬하는 수업을 한다. 칭찬 발표 순서는 앞 번호부터 한다. 학급 칠판에 차시의 칭찬 발표할 학생 2명의 이름을 써 놓는다. 칭찬을 발표하기로 예정된 학생 2명이 앞 번호부터 번호순으로 교단에 올라서서 칠판에 발표자 자신의 이름과 자신이 누구를 칭찬할지 그 사람에 대하여 간단히 분필로 적은 다음 칭찬 내용을 발표한다.

누구를 칭찬해야 하나? 친구도 좋다. 위인도 좋다. 선생님도 좋다. 부모님이나 일가친척도 좋다. 국회의원, 외국인, 이웃사람, 작품 속 인물, 예술인, 연예인도 좋다. 학생들은 칭찬 받을 만한 인물이나 단체가 소개된 신문기사를 1주일에 1개씩 스크랩하고 선행록에 오려붙인 다음 그 기사나 주인공에 관한 자신의 느낌을 적는 방법도 좋다. 칭찬이 쌓이면 세상을 긍정적으로 보게 된다. 주변을 바라보면서 칭찬거리를 찾는다.

칭찬하는 습관이 생긴다. 수업 시간에 칭찬을 하고 난 학생들은 주위 사람들의 장점을 찾아 본받고자 하는 마음과 인간에 대한 신뢰감이 생기게 된다고 고백하는 경우가 많다.

'나를 바꾼 칭찬 한마디'라는 제목으로 학급 활동을 해도 좋다. 또한 특정 상황을 제시하고 칭찬을 했을 경우와 그렇지 않은 경우의 인간 관계를 살펴보는 상황극을 할 수도 있다.

칭찬에 굶주린 학생들이 정말 많다. 평소에 칭찬을 받아보지 못한 학생들에게 주어진 뜻밖의 칭찬 때문에 삶의 자세가 바뀐 학생들도 있다. 예상치도 못한 칭찬은 효과를 극대화시킨다.

아홉 가지 잘못을 나무라다가도 한 가지 장점을 칭찬하여 단점 아홉 가지를 서서히 장점으로 만들어 가도록 할 수도 있다. 잘못을 잘못으로만 치부하지 않고 오히려 긍정적인 해석과 격려를 통해 잘못을 고치게 하는 방법도 있다. 한 예를 들겠다.

매사에 너무 논리적이고, 토론을 좋아하고, 모든 것을 꼼꼼하게 따져 보고, 최소한 두 가지 이상의 의미를 뽑아내야 적성이 풀리는 학생이 있었다. 공부는 최상위권이었다. 이 학생이 수업 시간에 질문을 하면 다른 학생들이 우르르 달려들어 "또 시작이야. 찰거머리", "급진좌파"라고 놀리는 것이었다. 거의 왕따 수준이었다. 그렇지만 이 학생은 친구들의 그런 야유와 조롱에도 감정적인 반응을 보이지 않고 늘 웃으면서 질문을 하는 것이었다. 그래서 내가 학급 친구들에게 한마디 했다.

"친구들아, 너희들이 아무리 저 친구를 놀리고 야유해도 쟤가 화를 내는 거 봤냐? 너희들이 친구들에게 집단으로 놀리는 말을 당했다면 너희들은 어떤 반응을 보였겠니? OO이는 매우 포용력이 강한 스펀지 같은 인물이야. 이런 사람이 나중에 정치인이 되어야 한다고 봐. 어떤 모욕도 다 받아들일 줄 아는 넓은 마음씨를 지녔잖아. 멋진 친구야. 알겠니?"

그 이후로 어떻게 되었을까? 그 학생은 당당히 서울대 정치외교학과에 합격했다.

국민 MC 유재석은 '유느님'이라 불릴 정도로 막강한 인기를 누리고 있다. 왜일까? 그 중에 한 가지 이유로 유재석은 액션보다는 리액션을 잘 하기 때문이고, 액션의 가격보다 리액션의 가격이 훨씬 비싸기 때문이라는 분석이 있다. 맞는 말이다. 학교에서도 리액션을 잘 하는 선생님과 학생들은 인기가 높고, 친구가 많다. 적절한 리액션을 하기 위해서는 상대방의 말을 잘 듣고 그에 적절한 반응을 해야 한다. 상대방의 말을 잘 듣는 자세! 맞장구를 치는 자세! 다양한 리액션을 잘 취하는 사람에게 더 친근감을 느끼고, 친해지려는 경향을 보인다.

감탄사와 칭찬은 최고의 리액션이다. 공감 능력이다. 상대방의 색깔을 가장 빛나게 하는 방법은 그를 칭찬하고, 그에게 감탄하는 것이다. 그런 색깔들이 모여서 하나의 교실을 만드는 것이 가장 바람직한 수업이 아닐까. 감탄사와 칭찬이라는 리액션은 자주 할수록 좋다.

Q25 심층 면접은 상대를 사로잡는 마법이다

심층 면접은 대학 입시에서 합격 여부를 판별하는 평가 도구이다. 심층 면접의 질문은 응시자의 지혜, 인품, 가치관, 능력을 평가한다.

심층 면접의 유형은 크게 주장 설득형, 딜레마형, 전공 지식 설명형, 사회 현상 탐구형 문제로 구분할 수 있는데, 이 각각의 문제 유형을 다양한 형태로 연결한 통합형 문제가 출제될 수도 있다.

① 주장 설득형

주장 설득형 문제는 대부분 기본 소양 부분에서 많이 출제되는 문제 유형이며, 수학 적성 부문에서 출제되기도 한다. 기본 소양 부문에서 출제되는 주장 설득형 문제는 대부분 응시자의 답변에 내포되어 있는 도덕성과 사회성, 자아관과 세계관을 파악하기 위한 문제라고 할 수 있다. 예를 들면 “기업의 경영자로서 경쟁회사가 분식회계를 한다면 어떻게 할 것인가?”라는 질문은 응시자의 도덕적인 실천 의지를 묻는 문제라고

면접은 자신감, 겸손, 순간적인 재치와 유머가 필요하다.

할 수 있다. 이 문제에 제대로 답변하기 위해서는 분식회계에 대한 기본 지식을 필요로 하며, 분식회계가 도덕적으로 정당하지 못하다는 인식을 토대로 자신의 도덕적 행동에 대한 의지를 보여주어야 한다.

이러한 문제들은 일반적인 지식을 확인하기 위한 문제가 아니라 사회에서 필요로 하는 도덕성, 사회성을 확인하기 위한 문제이기 때문에 '자신의 주장'을 적극적으로 표명하면서도 '충돌하는 두 개의 가치(기업 이익과 도덕적 가치)를 해결하는 응시자의 지혜'를 필요로 하는 문제라고 할 수 있다.

수학 적성 부문에서 출제되는 주장 설득형 문제는 문제와 연관된 기본적인 지식과 이를 바탕으로 하는 응시자의 견해를 요구하는 문제라고 할 수 있다. “최근 우리나라의 반미 감정에 대해서 어떻게 생각하는가?” 하는 질문은 현재 한국 사회에서 논란이 되고 있는 “한미 관계”에 대한 기본적인 지식을 바탕으로 한미 관계의 재정립에 대한 응시자의 주장을 요구하는 문제라고 할 수 있다.

② 딜레마형

딜레마형 문제는 형식적으로 양자택일의 답변을 요구하지만 어느 쪽을 택하던지 모순에 처하게 되는 문제라고 할 수 있다. 이러한 딜레마형 문제를 해결하기 위해서는 응시자 스스로 새로운 요소를 도입해야 한다.

예를 들어 “악법에 복종해야 하는가? 아니면 파괴해야 하는가?”라는 문제는 전형적인 문제라고 할 수 있다. 악법에 복종해야 한다면 각종 불합리한 관습과 법률을 개정하기 위한 진보적인 논의와 사회적 움직임들이 부정되는 것이며, 파괴해야 한다면 모든 법률 체계 자체를 부정하는 것이기 때문이다.

③ 전공 지식 설명형 문제

전공 지식 설명형 문제는 지원한 학과와 관련된 기본적인 전공 지식을 필요로 하는 문제이다. 그리고 단순 지식보다는 개념에 대한 정의와 역사적 배경과 특징, 원리와 특성에 대한 종합적 설명을 요구하는 문제이다.

예를 들어 인문대학에서는 “프랑스 문학 작품 중 가장 감명 깊게 읽은 작품은?”, 상경대학에서는 “시중에 풀리는 통화량이 증가하면 어떤 현상이 발생하는가?”, 자연과학대학에서는 “빛을 이용하지 않고 포도당을 만드는 세균이 있는가?", 공과대학에서는 "학교와 영화관을 건설할 때 건축가의 입장에서 어떤 점이 다르다고 생각하는가?" 등등의 질문을 던질 수 있다.

④ 사회 현상 탐구형 문제

사회 현상 탐구형 문제는 사회과학적으로 정립된 지식 체계보다는 현재 변화가 진행되고 있는 사회 현상에 대한 응시자의 개념 정립과 통찰력과 분석력을 요구하는 문제라고 할 수 있다. 그러므로 우선 문제를 일반화하여 개념을 정립하고 난 다음 다양한 변화와 흐름의 유형과 그것의 장단점을 종합적으로 답변해야 한다. 예를 들어 "우리나라의 고령화 현상이 급속도로 전개되고 있는데 어떻게 대비해야 하는가?"라는 문제는 "의료 기술이 획기적으로 발달하고 출산율 저하로 인해서 고령화 현상이 나타나고 있습니다"라고 고령화 현상의 원인을 진단하고 "이러한 추세가 계속된다면 고령 인구의 복지 비용 증가, 사회의 생산력 저하 등의 문제가 나타날 것입니다"라며 미래에 나타나게 될 부작용을 진단한 다음 "노인성 질병에 대비할 수 있는 의료 체계의 구축, 노령 인구의 경제 활동 보장을 임금피크제 도입 등 다각적인 대책을 통해서 이러한 부작용을 예방해야 한다고 생각합니다"라면서 예상되는 문제에 대한 구조적, 정책적 대안을 제시해야 한다.

그밖에 학교, 학과 지원 동기, 대학 생활 계획, 수업 계획, 장래 희망 등에 대한 일반적인 질문은 거의 모든 대학, 학과에서 공통적으로 출제되고 있다.

면접에 임하는 태도를 몇 가지 간추리면 다음과 같다.

- 질문을 받았을 때 약간의 여유를 가지고 침착한 자세로 자연스럽게 평소처럼 답변한다.
- 질문에 대하여 답을 할 수 없을 경우 다른 문제를 부여받을 수 있으면 정중히 다른 면접 문항을 요청한다. 다른 면접 문항을 부여받지 못한다면, 잠시 생각하고 정리한 후 아는 데까지만 성의 있게 답변한다.
- 질문의 요지를 잘 파악한 후 자신 있게 또박또박 대답하고 말끝을 흐리지 않는다.
- 자신감을 유지한다. 가장 중요한 것은 '얼마나 자신을 믿을 수 있는가' 하는 점이다.
- 면접 도중 감정의 변화를 자제한다. 예를 들어 예상했던 질문을 받았을 때 반색하거나 불쾌한 질문을 받았다고 기분 나쁜 표정을 짓는 것은 좋지 않다. 또 황당한 질문을 받아도 당황하지 말고 냉정히 면접에 임하여야 한다.
- 진심으로 당당하게, 그러나 겸손하게 대하자.
- 간결하고 조리 있게 말하자.
- 순간적인 재치, 유머가 필요하다
- 판에 박힌 모범 답안보다는 본론에서 어긋나지만 않는다면 독창성을 발휘하는 것이 좋다.
- 폭넓은 시야와 발상의 전환이 필요하다.

Q26 토끼와 자라는 언어의 마법사들이다

토끼와 자라는 말하기의 달인이다. 풍류, 재치, 해학, 유머가 번득이는 언어의 연금술사들이다. 설득과 협상의 천재들이다. 급소를 찌르는 질문의 마법사들이다.

"토끼와 자라는 같은 편이 아닐까?"

토끼와 자라가 같은 편이라고? 그들은 적대적 관계가 아닌가? 거짓말이지? 근거를 들이대 봐.

"자라는 평생 멸시만 받던 종6품의 낮은 벼슬아치입니다. 자라의 아버지는 식탐이 많아 낚싯밥을 잘못 먹고 젊은 나이에 죽었습니다. 자라가 육지행의 모험에 성공해야 명예를 회복할 수 있습니다. 토끼도 뜀질을 잘 하는 재주만 있을 뿐 산속에서 어느 하나 토끼를 어른 대접을 하지 않고 깔봅니다. 이런 토끼에게 자라는 생원까지 들먹이며 기분을 띄워주고 수궁에 가면 유식한 벼슬아치로 존경받을 수 있다고 추켜세웁니다. 즉 자라는 수궁에서의 약자이며 토끼는 육지에서의 약자입니다."

"수궁에서는 어족 회의(물고기 회의)가 열리고, 산속에서는 모족 회의(털 달린 짐승 회의)가 열립니다. 용왕의 병을 치유하기 위한 어족 회의에서 농어, 숭어, 고래, 새우 등등 문무 대신들이 모두 발뺌을 합니다. 사냥꾼을 처치하기 위한 모족 회의에서는 여우, 너구리, 멧돼지, 쥐, 다람쥐, 호랑이 등등 산짐승들도 모두 발뺌을 합니다. 수궁이나 산속 모두 중앙정치나 지방정치에서 난맥상을 보이던 당대의 조선 사회를 닮았습니다."

"자라는 뛰어난 언변으로 토끼를 속이고, 토끼는 뛰어난 언변으로 자라와 용왕을 속입니다."

"지략을 발휘해서 살아난 후 토끼는 자라의 입장을 충분히 이해하며 용왕의 약을 마련해 줍니다. 토끼가 자라에게 토끼똥을 주었는데 그것으로 실제 용왕의 병이 낫게 됩니다. 자라는 충신이 되어 출세하고 토끼는 신선이 되어 월궁에 가게 됩니다. 이런 면에서 토끼와 자라는 동병상련이며 유유상종입니다."

그렇군. 토끼와 자라는 무척 닮았네. 이렇게 보면 토끼와 자라가 유사한 입장과 처지를 지닌 존재로 보이네?

그런데 발표를 한 학생은 또 한 번의 반전을 시도하는 것이 아닌가?

〈토끼의 부정적인 측면은?〉

칠판에 노란 글씨로 큼직하게 쓴 문장이다. 토끼가 부정적 인물에 해당된다고? 용왕, 자라, 용궁의 물고기, 호랑이, 독수리가 부정적 인물 아닌가? 토끼는 지혜로운 민중, 즉 긍정적 인물 아닌가?

가람본 「별토가」의 한 대목이란다. 간을 육지에 놓고 왔다며 용왕을 속인 토끼는 용왕으로부터 극진한 대접을 받는다. 기고만장해진 토끼는

토끼와 자라는 말하기 능력의 대명사들이고, 언어의 마술사이며, 최고의 달변가들이다.

자라에게 복수를 결심하고 자라에게 다가가 자라 부인의 수청을 요구한다.[19)]

토끼 더욱 화를 내며 말하기를, "네 죽기를 두려워하거든 네 아내를 하룻밤 내 방에 들이면 괜찮거니와, 그렇지 않으면 네 집의 멸문

19) 가람본 「별토가」 분석은 『전을 범하다』(이정원 지음, 웅진지식하우스, 2010)의 〈토끼전 자라부인, 왜 원치 않는 잠자리에 갔을까〉 부분을 참고하였다.

지환(滅門之患)이 눈앞에 날 것이니 조심하라." 하니 별주부가 부인을 돌아보며 말하기를, "그대 의견 어떠하오?"

— 가람본「별토가」중에서

결국 토끼는 별주부의 아내를 취한다. 토끼는 갑자기 착취자의 모습으로 돌변한 것이다. 토끼는 선한 약자의 모습에서 횡포를 부리는 이기적인 존재가 되고 만다.

"애들아, 정말 토끼는 사회적 약자의 모습만을 지니는 것일까?"

"선생님, 저는 수궁가를 읽으면서 '욕망'이란 무엇일까를 생각했어요. 용왕이 토끼의 간을 구하고자 한 것도 살고자 하는 욕망이고, 별주부가 아내에게 토끼의 수청을 들라고 요구한 것도 살고자 하는 욕망이고, 토끼가 약자에서 이기적인 존재로 돌변하는 것도 욕망의 실체라고 생각합니다."

이쯤해서 교사인 나는 다시 은근슬쩍 내가 알고 있는 또 다른 정보를 흘린다. 교사이기 때문에 학생들 앞에서 유식한 척하는 것이다. 별주부전은 제목도 다양하단다. 토끼전, 수궁가, 토별가, 별토가, 자라전 등등. 제목만큼이나 이본마다 무척 다양한 결말을 보여준단다. 토끼는 수궁에서의 탈출에 성공하고도 육지에 올라와 독수리, 호랑이 등등에게 잡혀 명재경각의 상황에 빠지지만 꾀를 발휘해서 살아남는다. 토끼가 별주부의 모가지를 끈으로 옭아맨다든가 돌덩이를 굴려서 돌 세례를 퍼붓기도 한다. 또 다른 본에서는 별주부에게 암자라를 하루에 천오백 마리씩 석달 열흘간 잡아먹으라는 등의 악담을 퍼붓는다. 자라는 스스로 용왕을

뵐 면목이 없다며 의연하게 자결하기도 한다. 또한 어떤 본에서는 토끼를 놓치고 난 뒤 용왕을 비롯한 모친과 부인을 볼 면목이 없게 된 별주부는 소상강으로 망명을 떠나 그곳에서 자결을 하고 만다. 이외에도 여러 결말이 있다. 토끼의 어떤 면을 강조할 것이냐, 자라의 어떤 면을 강조할 것이냐에 따라 사건의 여러 요소들이 변형되는 것이다. 특히 결말구조는 그 변동이 매우 다양하다.

이쯤 되면 토끼전은 교과서의 도식화된 해석에서 크게 벗어난 텍스트에 해당한다. 상상력을 자극하는 미완성의 열린 텍스트가 되는 것이다. 또한 토끼와 자라는 맞서기도 하고 어울리기도 한다. 토끼전은 지혜 겨루기, 속이기, 거들먹거리기, 설득하기, 칭찬하기, 핀잔주기, 근거대기, 과장하기, 추켜세우기, 깔아뭉개기, 조롱하기, 회피하기, 능청떨기, 딴전피우기, 동음이의어를 이용한 언어유희, 감쪽같이 속이기 등등 '말하기' 기법의 모든 것이 총망라된 텍스트다. 토끼와 자라는 말하기 능력의 대명사들이다. 풍류와 재치가 넘치고, 해학과 유머가 번득이는 언어의 연금술사들이다. 밀고 당기는 능력이 대단하다. 설득과 협상의 천재들이다. 상대방을 제압하고 호의적으로 받아들일 수 있는 단어와 문장을 구사한다. 고사(古事)와 우화(寓話)와 속담을 인용해서 상대방을 설득시키거나 속이는 언어의 마술사들이다.

토끼보다 더 구변이 좋은 사람 있으면 나와 봐! 자라보다 더 구변이 좋은 사람 있으면 나와 봐! 예들아, 우리 모두 토끼와 자라의 말하기 솜씨를 배워 보자꾸나. 그러기 위해서는 사물과 현상의 양면성을 동시에 볼 수 있는 열린 시야가 있어야 한다. 하층의 언어부터 상층의 고급 언어까지 두루 구사할 수 있어야 한다. 언어가 지니고 있는 진실성과 포장 능력을 알고 있어야 한다. 수궁가를 수십 번 읽으면 달변가의 화술을 맛볼 수 있다. 또한 허를 찌르는 질문, 급소를 파고드는 고난도 질문 기법을 익힐 수 있다.

제5장

창의성을 키우는 질문법

Q27 발칙한 상상력으로 캐릭터를 창조하자

캐릭터는 엄청난 부가가치를 창출한다. 캐릭터 분석을 하면서 발칙한 상상력에 빨대를 꽂는 수업을 했다. 발칙한 상상력은 끊임없는 질문을 요구한다. 질문은 뽀로로다.

오늘날 문화에서 캐릭터의 힘은 압도적이다. 〈아이언맨〉, 〈어벤저스〉 등의 영화로 수십조 원의 돈을 벌어들인 마블(Marvel)의 힘은 새로운 캐릭터 창조와 신선한 스토리 창작에 있다. 호크아이, 캡틴아메리카, 헐크, 토르, 블랙위도, 아이언맨 등은 타잔, 터미네이터, 슈퍼맨, 언더우먼 등 기존의 영웅들과 사뭇 다른 캐릭터들이다. 영웅이면서도 매우 허술한 캐릭터다. 약점을 지니고 있고, 실수를 연발한다. 헐크는 화가 나면 괴물로 변하는 분노조절장애를 지니고 있다. 아이언맨은 알코올 중독자이며 가짜 심장을 지니고 있다. 이처럼 인간의 약점을 간직한 영웅 캐릭터가 유행하고 있다.

우리 학교 동료 선생님이 〈올빼미 독서 토론〉을 몇 년 진행했다. 밤을 새워 책을 읽고, 영화를 보고, 토론을 하고, 연극을 하는 '영화와 독서의 만남' 프로그램이었다. 나도 동참을 한 적이 있다.

이 때 진행했던 '애니메이션 캐릭터 분석 및 캐릭터 창조 활동'을 영재 수업 시간에 보완 수정하여 실시하였다. '아기 공룡 둘리', '도라에몽', '뽀로로', '앵그리버드', '강남스타일', '스펀지밥' 등등 캐릭터 및 플롯 분석을 시도했다.

수업 진행을 간략하게 소개하면 다음과 같다.

1단계 : 일본의 문화산업을 소개한다. 캐릭터 산업의 시장 규모와 점유율 세계 1위, 만화 산업의 시장 규모와 점유율 세계 1위, 애니메이션 산업의 시장 규모와 제작 점유율 세계 1위, 게임 산업의 시장 규모와 제작 점유율 세계 1위, 영화 산업의 시장 규모 및 제작 편수 세계 2위, 음악 산업의 시장 규모 세계 2위. 한마디로 일본은 세계적인 문화 강국이다. 일본 사람들은 해마다 국민 1인당 평균 30권 이상의 만화 단행본을 구입해서 읽고 있다. 100만 명의 만화 동아리 회원들이 활동하고 있는 나라가 일본이다. 문화 산업의 미래를 전망하면서 우리나라와 일본의 문화 시장을 비교해서 보여준다. 학생들은 놀라움에 사로잡힌다. 20분 정도 수업을 한다.

2단계 : 애니메이션 5편 정도를 7분씩 40분 정도 시청한다. 이때 캐릭터와 플롯의 특징을 세부적으로 파악하면서 시청하라고 당부한다.

3단계 : 5개 모둠을 편성한다. 각 모둠별로 애니메이션과 대중가요를 지정해주고, 캐릭터의 특징을 분석하는 미션을 부여한다. 1조는 아기공룡 둘리, 2조는 강남스타일, 3조는 뽀로로, 4조는 스펀지밥, 5조는 슈렉의 캐릭터를 분석하는 활동을 한다. 이때 스마트폰이나 아이패드 등 스마트 기기를 활용하는 스마트 수업을 실시하는 것이 훨씬 효과적이다. 전지(모조지), 매직, 형광펜, 포스트잇, 색종이, 색연필을 배부해서 활동 내용을 적도록 한다. 그림을 그려도 좋고, 브레인스토밍, 로직트리 등 다양한 기법으로 그림이나 도표를 그려서 미션을 수행해도 좋다고 일러준다. 이때 발표자를 자율적으로 뽑도록 한다. 30분 정도 시간을 준다.

4단계 : 활용 내용이 적힌 전지(모조지)를 원하는 벽면에 붙이도록 한다. 칠판에 붙여도 좋고, 좌우 벽면이나 교실의 뒤쪽 벽면에 붙여도 좋다고 얘기한다. 학생들의 자유로운 탐구 분위기를 활성화시키기 위해 동서남북 모든 교실 벽면을 수업에 활용하도록 하기 위해서다. 발표자가 나와서 탐구 활동을 발표하고, 질문을 받고, 반응을 탐색한다. 모둠별로 5~10분 정도의 발표 시간을 할당한다.

5단계 : 각 모둠별로 동물과 인간을 결합한 캐릭터를 직접 만들어보는 활동을 한다. 캐릭터를 그림으로 표현하기, 캐릭터 이름 짓기, 캐릭터의 출생의 비밀 만들기, 캐릭터가 인간 세상에서 인간과 만나서 활동하는 스토리와 플롯 한두 가지 설정하기, 캐릭터의 특징을 10가지 정도 부여하기 등등의 활동을 한다. 애니메이션을 감상하는 문화 소비자의 입장에서 벗어나 직접 캐릭터를 만들어보는 문화 창조자의 입장에 서보는 수업을 시도한다. 40분 정도 수업을 진행한다. 그런 후에 모둠별 발표 수업을 실시한다.

6단계 : 각 모둠별로 성찰 발표 시간을 갖는다. 팀워크, 협동, 의견 조율이 잘 이루어졌는지 함께 성찰하는 시간을 갖는다. 모둠별 5분 정도 발

미니언즈, 스펀지밥, 짱구는 못말려 캐릭터 분석 수업을 시도했다.

표하도록 한다.

다양한 작품의 캐릭터가 분석되었다. 그 중에서 두 작품의 캐릭터 분석만 간단히 소개하면 다음과 같다. '슈렉'과 '스펀지밥'은 고등학교 수준에서 사회문화 및 경제적 현상까지 깊이 분석을 시도할 수 있는 캐릭터였다.

● 〈아기공룡 둘리〉의 캐릭터 분석

- 초록색 피부, 키 120cm, 항상 혀를 빼물고 있음.
- 케라토사우르스라는 공룡, 무서운 육식 동물
- 주민등록번호, 거주지, 주민등록증을 가지고 있는 한국인

- 귀여운 공룡이지만 사소한 해프닝이 늘 큰 사건으로 이어지는 사고뭉치
- 인간이 주인공이던 시절에 처음으로 공룡을 주인공으로 내세운 만화 캐릭터
- 과학 대탐험을 재미있게 인도하는 캐릭터
- 둘리(아이—신세대)와 고길동(어른—구세대) 사이의 갈들을 다룬 가족 이야기
- 둘리의 혀는 언제나 밖으로 나와 있는데 세상에 대한 조롱의 의미를 담고 있음.
- 둘리는 다운증후군처럼 보이는 우스꽝스러운 외모여서 더 친근하게 느껴짐
- 엄마 잃은 고아 공룡, 애정 결핍, 말썽쟁이, 엄마에 대한 그리움의 캐릭터

● 〈뽀로로〉의 캐릭터 분석[20)]

- 서로 다른 문화권에서도 이해할 수 있도록 '펭귄'이라는 캐릭터를 선정
- 캐릭터들의 우스꽝스러운 동작에 신경을 많이 씀.
- 8등신도 5등신도 아닌 2등신 캐릭터. 가분수 형태는 유아와 비슷

20) 2015년 3월호 『투머로우』에 실린 〈'뽀로로 아빠'인 (주)오콘 김일호 대표가 말하는 뽀로로의 인기비결〉, 『DBR』 2010년 5월호에 실린 〈마케팅 날개 달고 세계로 날아간 뽀로로〉(김유영 기자, 여준상 동국대 경영학과 교수)의 기사를 참고하였다. 또한 『문화콘텐츠 스토리텔링의 실제』(이명자 지음, 경진출판, 2015)를 참고하였다.

해 아이들에게 친근감을 준다.

- 아동들이 좋아하는 무지개 색채
- '안경 쓴 펭귄'으로 통하지만, 뽀로로가 쓴 건 사실 안경이 아닌 비행사용 고글이고, 모자 역시 비행사용 모자다. 선천적으로 날 수 없는 펭귄이지만 대신 비행사가 되어 하늘을 날겠다는 꿈을 품은 캐릭터.
- 호기심 많지만 매사 덤벙대는 사고뭉치에 사소한 일로 친구와 다투기까지 하는 평범한 캐릭터.
- 슈퍼맨, 아이언맨 등 영화나 애니메이션 속 캐릭터들은 대부분 뛰어난 능력자나 해결사들이지만, 뽀로로는 이웃집 문을 똑똑 두드리며 '같이 놀자' 하고 부르면 언제든 달려 나올 친구 같은 캐릭터.
- 선망이나 동경보다는 동질감이 훨씬 큰 캐릭터.
- 엔터테인먼트(70%)과 교육(30%) 전략으로 히트를 침.
- 파생 콘텐츠의 지속적인 노출. 뽀로로 이름을 달고 나오는 상품은 책과 DVD를 비롯해 완구, 식품, 생활용품, 젓가락, 칫솔, 완구, 내복, 인형, 물총, 유아용 변기 등 1,200여 종.

● 캐릭터 창조하기 수업

'동물 캐릭터를 만들어보고, 캐릭터로 성공할 수 있는 이유를 10가지 이상 말해보라'는 수업을 진행하였다. 그때 나온 '국봉(麯奉)'이라는 특이하고 삐딱한 캐릭터를 소개하면 다음과 같다.

- 태백산 호랑이 유전자 변형
- 단군의 후손
- 밤에는 호랑이, 새벽에 국순당 막걸리를 먹고 인간으로 변신
- 실험실에서 탄생해서 비밀요원으로 성장
- 막걸리를 마시면 점점 힘이 강해지는 캐릭터
- 인간과 호랑이 사이에서 정체성의 혼란을 느낌
- 막걸리평화공작팀으로 북한에 침투하여 김정은 체제 교란 작전 수행
- 막걸리 회사 창업
- 막걸리를 전 세계에서 가장 유명한 세계적인 바이오 생명 산업으로 육성
- 막걸리는 '강장제 + 혈액순환제 + 숙취제거 + 항암효과 + 보혈제 + 성기능강화제'로 인정
- 정치인이 되어 국순당이라는 정당 창설하고 당 대표가 됨
- 포도당이라는 정당과 경쟁하여 대승을 거둠
- 대통령에 당선되고~ (계속 이야기가 전개됨. 이하 생략)

이상으로 여러 활동을 살펴보았다. 미국과 영국 등 주요 이야기 산업 선진국들의 경쟁력의 원천은 무엇일까? 그들은 자기들의 이야기 자원뿐만 아니라 남의 나라 이야기도 재창조해서 가공하는 능력을 보여주고 있다. 그들은 아시아와 유럽 등의 고대 역사 기록과 신화 그리고 문학 작품에 무수한 빨대를 꽂아 왔다. 월트 디즈니사(社)의 경우 독일의 그림동화와 덴마크의 안데르센동화, 페르시아의 아라비안나이트에 빨대

아기공룡 둘리, 강남스타일, 뽀로로 캐릭터 분석 수업을 실시했다.

를 꾲아 이들 이야기를 각각 애니메이션 〈백설공주〉, 〈인어공주〉, 〈알라딘〉 등으로 재창조해 막대한 수익을 올렸다. 디즈니사가 순수익으로 7억3000만 달러를 벌었다는 애니메이션 〈라이언 킹〉은 일본 만화 『밀림의 왕자 레오』를 리메이크한 것이라고 한다.

지금은 이야기에 열광하고 이야기로 소통하는 시대다. 우리는 어떠한가? 삼국유사, 심청전, 두껍전, 장끼전, 홍계월전 등등 우리 고유의 이야기 자원을 가꾸고 창조해나가는 일이 중요하다. 더불어 다른 나라의 이야기 자원에도 개방적인 자세가 요구된다. 일본 만화를 토대로 재창조한 영화라고 해서 그것을 일본 문화에 종속적인 것이라고 비판할 수 없는 것이다. 세계 시장에서 우리 문화 상품이 경쟁력을 높이기 위해서는 이야기 산업 선진국들처럼 세계 이야기 자원을 적극 수용해야 한다. 민족과 문화의 우월성이라는 것은 이제 상대적으로 중요하지 않을지도 모른다.

오늘날 영화는 종합예술로서 모든 예술의 최전선에 있다. 무한한 탈영토를 지향하며 시공간을 훌쩍 뛰어넘는 상상력을 수업 시간에 전개할 필요가 있다. 기존의 고정관념을 뒤집는 가치 전환이 필요하다. 발칙한 상상력은 끊임없는 질문을 요구한다.

Q28 질문은 리좀이고, 탈영토화다

질문은 '차이'의 반복 즉, 리듬 생성과 새로운 표현 능력의 생성을 의미한다. 질문은 귀와 입의 표현 능력과 수용 능력을 통한 커뮤니케이션의 합성과 잡종화의 능력, '중심 없는 관계들의 복합체'다. 질문은 '리좀'이고, 탈영토화다.

수업 시간의 질문은 논리적이어야 하는가? 수업 시간의 질문은 합리적이며 타당해야 하는가? 초점과 중심이 없는 질문을 퍼붓는 수업이 1년에 며칠 정도 있으면 안 되는가?

'리좀 수업'이라는 말을 쓰고 싶다.

리좀(Rhizome). 리좀은 프랑스 철학자 질 들뢰즈와 정신분석학자 가타리가 저술한 『천 개의 고원』에서 제창된 용어이다. 이것은 '뿌리줄기'를 의미한다. 하지만 뿌리와는 다른다. 리좀은 중심이 없고 시작도 끝도 없다. 항상 중간, 틈, 사이를 의미할 뿐이다.

리좀의 생물학적 정의는 땅의 표면을 따라서 혹은 표면 바로 아래 성장하는 포복성(匍匐性) 줄기이다. 들뢰즈와 가타리는 고원을 가로지르는 유목민적 자질을 찬양하듯이, 리좀이 '뿌리'의 은유에 감추어진 영토

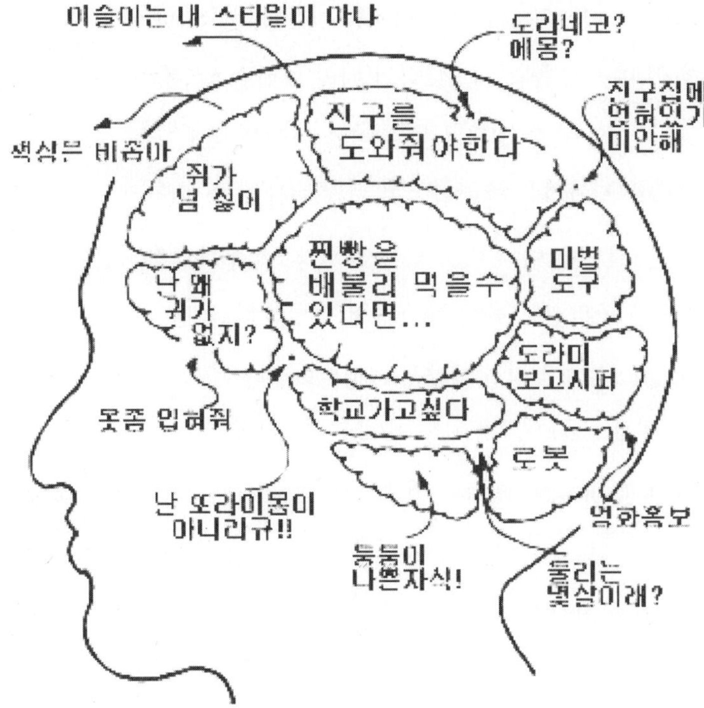

도라에몽의 뇌 구조는 리좀에 가깝다. 탈경계, 탈영토의 사고방식은 돌발적인 질문으로 가득 차 있다.

성이라는 억압적 관념에 대한 대안이라고 본다. 리좀이라는 개념은 '중심 없는 관계들의 복합체'를 떠올리는 데 적합한 말이다. 중심이 되는 뿌리가 없이 서로 엉키고 사방으로 뻗어가는 '뿌리줄기'를 뜻하는 리좀은 하나의 몸통과 거기서 뻗어나간 가지로 이루어진 '수목형 사유'와는 전혀 다른 사유 방식을 보여준다. 식물들은 뿌리를 갖고 있을지라도 언제나 어떤 바깥을 가지며, 거기서 식물들은 항상 다른 어떤 것, 예컨대 바람, 동물, 사람과 더불어 리좀 관계를 이룬다. 또 어떤 점에서는 동물들

자신도 리좀을 이루고 인간들도 리좀을 이룬다.

영토화의 여러 운동과 재영토화의 여러 과정은 끊임없이 가지를 뻗고 또 서로를 받아들이고 있다. 어떻게 이들 사이에 상호 관련이 없다고 할 수 있겠는가? 서양란은 말벌의 이미지를 만들고 말벌을 본뜨면서 탈영토화하지만, 말벌은 이 이미지 위에서 재영토화된다. 한편 말벌은 서양란의 생식 장치의 한 부분이 됨으로써 탈영토화되기도 하지만, 서양란에 꽃가루를 옮김으로써 서양란을 재영토화한다.[21)]

들뢰즈는 무엇보다도 현존을 꿰뚫고 지나가는 '차이'에 대해 사유한 철학자라고 할 만하다. 존재들, 혹은 사물들 사이에 존재하는 무수한 '차이'는 존재와 사물의 본질을 규정하는 근원적 요소다. 살아 있는 생명체는 그 자체로서 차이화의 과정에 지나지 않는다. 닮은 것들은 오직 다름(차이)으로 인해 닮는다. 그러니까 다름(차이)만이 서로 닮음을 인증하는 관계가 성립한다. 우리 삶은 끊임없는 반복으로 이루어진다. 이 반복은 동일한 것의 반복이 아니라 바로 '차이'의 반복이라는 게 들뢰즈의 생각이다. 하나의 연극, 하나의 오페라, 하나의 교향곡도 연주할 때마다 연주 시간이 다르고, 연주 방식에서도 차이가 난다. 어떤 경우에도 동일한 반복이란 존재하지 않는다. 반복은 항상 차이를 전제로 한 반복이다. 종(種)과 유(類)로서 인류 역시 생명과 죽음을 반복하지만, 동일한 것으로서의 반복이 아니라 차이를 머금은 채 반복한다.

---

21) 리좀 내용은 『노마디즘 2』(이진경 지음, 휴머니스트, 2002)과 『들뢰즈 카프카 김훈』(장석주 지음, 작가정신, 2006), 장석주 시인의 인문학 산책 「질 들뢰즈의 '천 개의 고원'」, 신승철 교수의 「들뢰즈/가타리의 욕망론과 신체론에 대한 고찰 : 『천 개의 고원』 6장 '기관 없는 신체'를 만드는 법을 중심으로」(동국대학교 대학원, 2004)를 참고하였다.

들뢰즈가 주창한 '기관 없는 신체' 개념은 '기관'을 단순히 없앤 신체가 아니라 '유기체적인 신체'로 한정되지 않는 더 폭넓은 변용 역량을 가진 신체이다. 즉, '입'은 '젖을 먹기 위한 입'이면서 동시에, '키스를 위한 입', '말하기 위한 입'일 뿐만 아니라 장애인에게는 손을 대신하여 '글을 쓰거나 그림을 그리는 입'으로 다양하게 변용된다. 들뢰즈가 '기관 없는 신체'라는 개념을 쓰는 이유는 "기관들에 대립하기 위해서가 아니라 유기체적인 방식의 조직화에 대립하기 위해서이다." 모든 신체는 유기체가 규정하는 기관들의 부분들의 필연적인 결합으로 한정되는 것이 아니라 무한한 변용 역량의 잠재력을 가지고 있는 것이다. 무한한 변용 역량의 잠재력, 그것이 리좀이고, 탈영토화이며, 재영토화라고 볼 수 있다.

여기서 '질문'으로 돌아가자. 리좀과 질문은 어떻게 연결되는가? '기관 없는 신체'의 변용 능력, 즉 소통을 통해 민주주의를 수행하고 공통성을 구성할 능력은 '귀'의 청각 능력과 '입'의 구술 능력을 강조하는 것으로 이행을 의미하는 것이다. 귀를 기울인다는 것은 단순한 청취자의 입장이 되는 것이 아니라, 상대방—되기의 과정을 의미한다. 동시에 입을 통한 표현 능력 또한 신체에 내재된 변용 능력을 통해 함축된 내용을 펼쳐내며 상대방에게 비물질적인 변용을 일으키는 과정을 의미한다.

질문은 귀와 입의 감성 능력을 강조한다. 질문은 동일한 것의 반복이 아니라, 차이의 반복 즉, 리듬 생성과 새로운 표현 능력의 생성을 의미한다. 들뢰즈의 감각의 논리는 귀와 입의 표현 능력과 수용 능력을 통한 커뮤니케이션의 합성과 잡종화의 능력을 강조하는 것이다.

질문은 귀와 입의 향연이다. 질문은 귀와 입의 축제다. 질문은 '중심

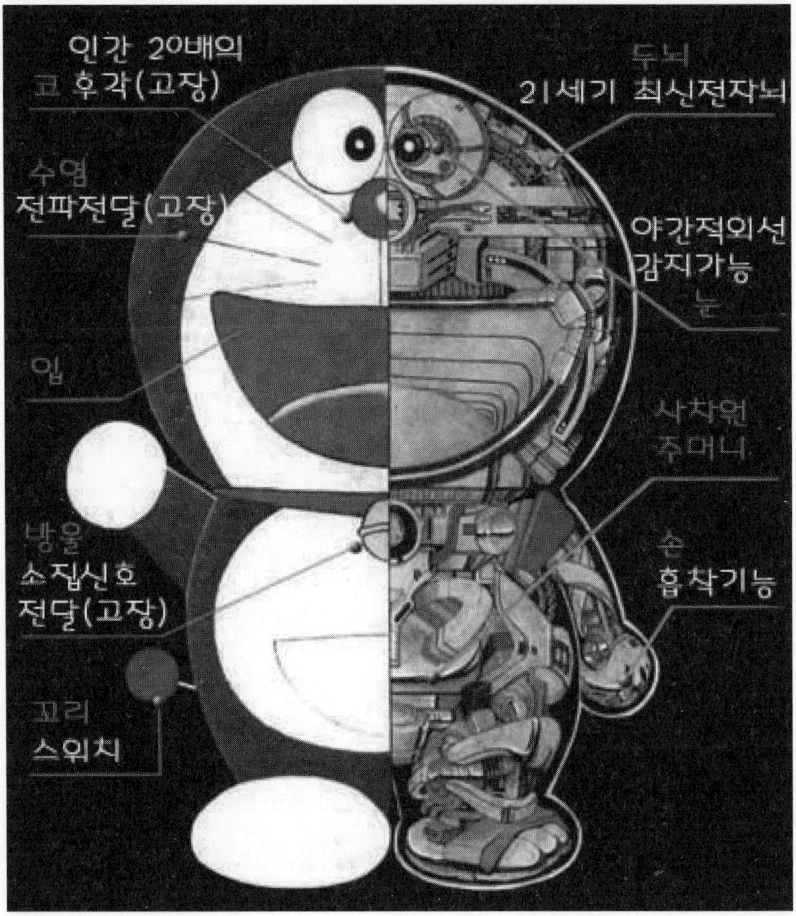

도라에몽의 신체성은 '리좀'이다.

없는 관계들의 복합체'다. 학생들의 아이디어는 어디로 뻗어갈지 정해지지 않았다.

수업은 수업 지도안에 의해 정치하고 정교하게 설계되어야 하는가? 국가 수준의 성취 목표에 맞추어 학습 목표를 정하고, 성취 기준과 성취 수준을 구체화하고, 평가와 마무리까지 치밀하게 잘 짜인 정교한 행위인가? 정해진 학습 목표에 도달하기 위해 힘차게 달려야 하는 것인가? 샛길로 빠지는 수업을 하면 안 될까? 원하지 않는 방향으로 뻗어가는 뿌리줄기와 같은 수업은 장려되어야 하나? 비판받아야 하나? 예상치 못한 돌발적 질문으로 수업 목표의 범위를 벗어나서 전혀 엉뚱한 방향으로 탈영토화되는 수업은 엉망인 수업인가? 실패한 수업인가? 아니면 나름대로 가치 있는 수업인가? 오히려 더욱 창의적이고 삶의 본질에 가까운 수업은 아닐까?

Q29 일상을 새롭고, 낯설고, 역동적이게 하라

일상은 고정화된 따분한 삶의 패턴이기도 하지만 낯설고, 새롭고, 상상력이 충만한 역동적인 세계이기도 하다. 일상을 질문하자. 일상의 다양한 속성을 탐구하는 질문 수업을 하자. 질문은 스펀지밥이다.

일상이 따분한가? 여행이나 일탈을 추구하지 않는 이상 우리는 일상의 연속선 속에서 벗어나기 힘들다. 삶의 대부분이 일상으로 채워져 있다. 일상은 너무나 익숙하다. 새로움이 별로 없다. 정말 그런가? 거꾸로 일신우일신(日新又日新)! 법고창신(法古創新). 나날이 새로운 것이 또한 일상이 아닐까? 새로움으로 가득 찬 일상을 만들어보면 어떨까?

우리에게는 매일 수십 번의 5분이 주어진다. 5분의 연속이다. 5분 후에 또 5분이 온다. '5분'에 의미를 부여할 수는 없을까? '5분'에 철학을 부여할 수는 없을까? 5분의 긍정적 가치를 생각해보면 어떨까? '5분' 따위는 하찮은 것인가? 비록 하찮은 5분일지라도 '멋진 5분'이라고 칭찬해주면 어떨까? 따분하고 무의미한 5분을 새롭게 보면! 수업은 50분. 5분이 열 번 반복이 되는 시간이다.

> 5분의 생활 철학을 갖겠습니다
>
> 아침에 일어나려고 생각했던 시간보다 5분 먼저 일어나고, 출근하는 직장에 다른 사람보다 5분 먼저 도착하고, 각종 회합과 약속 장소에는 5분 먼저 도착하며, 실수를 했을 때는 5분 먼저 고백하고, 무슨 결정을 내릴 때에는 5분 늦게 결정하고 5분 빨리 착수하며, 목표를 세울 때에는 5분 빨리 세우도록 할 것이며, 남의 장점을 다른 사람보다 5분 먼저 칭찬하고, 남과 토론할 때나 교섭할 때는 상대방보다 5분 늦게 말하고, 남의 집에 방문할 때는 용무를 마치고, 예정된 시간보다 5분 먼저 일어나겠습니다.

어떤 사람이 '5분의 생활 철학을 갖겠습니다'라는 다짐을 했다고 보자. 어떤가? 그럴듯하지 않은가? 5분의 연속이 일상이라면 5분의 감정과 5분의 생각과 5분의 행동과 5분의 대화와 5분의 노동의 연속일 것이다.

5분을 새롭게 바라보듯이 일상을 바꿔보자. 다음은 일상에 방치되어 있거나, 일상 속에 무관심의 영역에 노출되어 있는 것들을 새롭게 바라보는 질문들이다. '일상의 철학'을 찾아보자는 것이다. 이 중에서 한두 가지를 골라 발표해보면 어떨까?

탐구1〉 나와 가족의 이름을 색다르게 풀이해보기.

탐구2〉 낱말의 의미에 구멍 내기(기존의 사전적 정의를 무시하고 자기 방식대로 재정의하기)

탐구3〉 자기가 하루살이로 변신했을 때 무슨 일을 할 것인가.

탐구4〉 잃어버리고 싶은 것과 잊어버리고 싶은 것 2가지 말해보자.

탐구5〉 집으로 가는 새로운 길 다섯 가지 만들어보기.

탐구6〉 오줌을 누면서 할 수 있는 일을 두 가지 이상 말해보자.

탐구7〉 길이나 특정 장소를 잃고 헤맨 경험을 말해보자.

탐구8〉 사과를 칼이 아닌 다른 도구로 깎아보기를 상상해보자.

탐구9〉 손이 나에게 천 개 있다면 무슨 일이 벌어질까 발표해보자.

탐구10〉 자신의 인생(고독, 슬픔, 기쁨 등등)을 계량기로 달아 무게를 재 본다면?

탐구11〉 버스나 지하철을 기다리며 가장 아름다운 상상을 한다면 어떤 상상을 할 수 있을까?

탐구12〉 공원묘지의 무덤 옆에서 1박2일을 보낸다면 어떤 일을 할 수 있을까?

탐구13〉 내가 정육점에 걸린 '고깃덩어리'라면 세상을 어떻게 바라볼까?

탐구14〉 머리카락의 종교적, 철학적, 과학적, 문화적, 문학적 의미를 발표해보자.

탐구15〉 내가 '고양이'라면 눈, 코, 입, 혀, 귀를 어떻게 사용하게 될까?

탐구16〉 도끼, 망치, 칼, 못, 드라이버, 드릴, 톱 등 연장을 가지고 애인이나 친구에게 사랑 고백을 한다면 어떻게 할지 발표해 보자.

이것의 탐구 수업은 스캠퍼 모형을 적용하여 실시할 수 있다. 스캠퍼

(scamper)란 아이디어를 창출하고자 하는 체크리스트다. 브레인스토밍 기법을 창안한 오스본(Alex Osborn)의 체크리스트를 에이벌(Bob Eberle)이란 사람이 약자로 재구성하고 발전시킨 것이다. 스캠퍼 기법은 아이디어와 상상력을 자극하는 대표적인 체크리스트 중의 하나로 그 내용이 외우기 쉽고 아이디어 창출에 많은 도움을 주기 때문에 아이디어 발상 관련 교육에 널리 사용되고 있다.

창의적으로 사고하는 학생은 스스로 발견하는 것에 더 많은 관심을 가지며, 새로운 아이디어와 도전에 개방적이고, 문제를 더 잘 해결하며, 동료와 협력을 더 잘하고, 효과적으로 학습하며, 자신의 학습에 대해 책임 의식을 가지게 된다. 창의성 교육을 통해 창의적 사고 능력과 기술을 향상시킬 수 있는데 이러한 창의성 교육에서 필요한 창의적 사고 기법으로 스캠퍼 기법이 학교에서 최근에 많이 활용되고, 연구되고 있다.

① S - **대체하기(Subsitute)** : 기존 시각과는 다른 시각으로 생각을 유발하기 위해 기존의 것을 다른 것으로 대체하면 어떻게 될지에 대한 질문으로 다른 무엇으로 '다른 누가', '다른 성분이라면' 등과 같은 것으로 해석할 수 있다.

② C - **결합(Combine)** : 두 가지 이상의 것들을 결합해 새로운 것을 유발하기 위한 질문으로 '새로운 무엇과 결합시키면' 등과 같은 것이다.

③ A - **응용(Adapt)** : 어떤 것을 다른 분야의 조건이나 목적에 맞게 응용해볼 수 있도록 생각을 유발하는 질문으로 '이것과 비슷한 것은', '이것과 다른 것이 어떻게 적용될 수 있나', '과거의 것과 비슷한 것은' 등과 같은 것이다.

④ **M - 변형(Modify), 확대(Magnify), 축소(Minify)** : 어떤 것의 특성이나 모양 등을 변형하거나 확대 또는 축소하여 새로운 것을 생성할 수 있도록 하는 질문이다.

⑤ **P - 다르게 활용하기(Put to other uses)** : 다른 용도로 사용될 가능성을 생각하도록 하는 질문으로 '다른 사용 용도는'과 같은 것이다.

⑥ **E - 제거(Eliminnate)** : 어떤 것의 일부분을 제거해 봄으로써 새로운 것을 생성해낼 수 있도록 하는 질문으로 '이것을 제거해 버리면', '없어도 할 수 있는 것은', '수를 줄이면' 등과 같은 것이다.

⑦ **R - 뒤집기(Reverse), 재배열(Rerrange)** : 주어진 것의 순서나 모양 등을 거꾸로 해보거나 다시 배열해 보도록 하여 새로운 것을 생성해 내도록 하는 질문으로 '수를 줄이면', '역할을 바꾸면', '순서를 바꾸면', '원인과 결과를 바꾸면' 등이 있다.[22)]

이 중에서 〈탐구9. 나에게 천 개의 손이 있다면 어떤 일이 벌어질까?〉를 가지고 수업 시간에 활동을 했다. 그때 학생들의 발표 내용을 추려보면 다음과 같다.

- 지문이 많아서 지문 인식 주민등록증을 만드는 데 애로사항이 생긴다.
- 완벽한 골키퍼가 되어 축구나 핸드볼의 규칙이 바뀔 것 같다.
- 의사 및 간호사의 역할을 모두 할 것 같다.

---

22) 창의인성 교육넷(http://www.crezone.net)의 〈창의·인성 수업기법 기본 자료집〉에서 인용하였다.

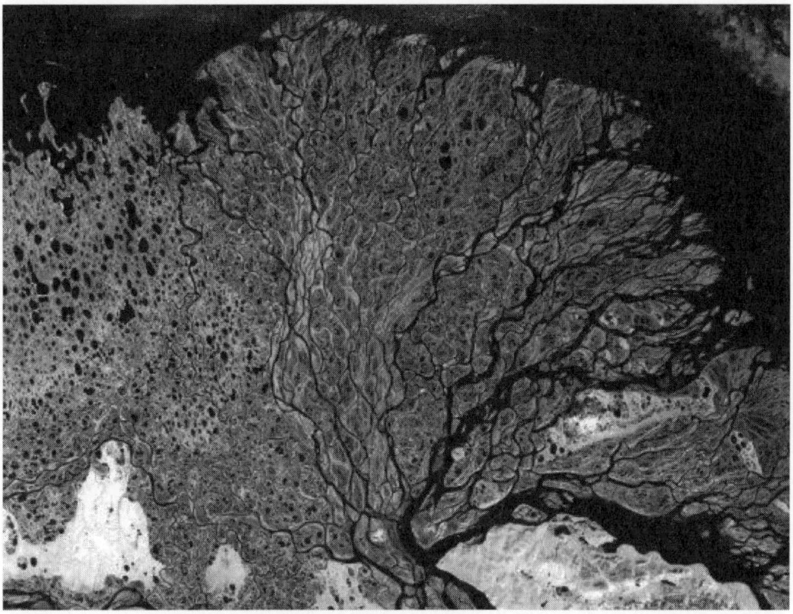

시베리아 레나강 레나 삼각주의 모습. 마친 관음보살의 천수천안(千手千眼)을 닮았다. 야생 보호 구역으로 야생 동물의 중요한 터전이자 번식지이며 살아 있는 지구의 모습이다.

- 500명의 어르신 어깨를 주물러드릴 수 있을 것 같다.
- 천 개의 손으로 박수를 치면 가장 멋진 박수를 칠 수 있다.
- 오케스트라의 모든 악기를 혼자서 연주할 수 있다.
- 혼자 노를 저으며 5대양 세계 일주를 할 수 있다.
- 곰 인형 눈알 붙이기를 알르바이트를 해서 부자가 될 수 있을 것이다.
- 손톱 깎기나 핸드크림 회사가 대박날 것 같다.
- 미용사라면 오로지 천 개의 손을 미용하는 데 집중해서 세계 최고의 미용사가 되겠다.

- 팔을 부채꼴로 펼쳐 뼈대를 만들고 그 사이에 날개를 달아 거대한 새가 되어 날아다닐 것이다.
- 두 개의 손만 내 것으로 쓰고 나머지 998개의 손은 봉사활동을 하면서 살겠다.
- 엄청난 부피와 무게 때문에 지금보다 50배의 칼로리가 필요할 것이다.
- 왼손과 오른손 사이의 밀월관계가 끝나고 질투와 시기심으로 가득 찰 것 같다.
- 오합지졸인 천 개의 손을 통솔하려면 두통이 엄청 밀려올 것 같다.
- 장애인과 비장애인의 경계선이 사라지고 편견이 줄어들 것이다.
- 문어나 오징어, 해파리 종류로 진화할 것이다.
- 천수천안(千手千眼)의 천수관음보살이 되어 더욱 지혜로워질 것이다.

일상은 의식주와 관련된 활동으로 가득 차 있다. 일상 생활은 집과 학교, 집과 학원, 집과 일터를 오가는 활동이다. 그렇다면 일상과 비일상의 경계는 모호한 것이다. 정상과 비정상의 경계선이 모호한 것처럼. 인간—사물, 인간—환경, 인간—자연 등 쌍방향간 만남과 헤어짐, 다가감과 멀어짐이 일상이라면 비일상도 유사한 속성을 지닌다. 일상은 재미없기도 하고, 무척 재미있기도 하다. 일상이 따분하기도 하고, 무척 흥미롭기도 하다. 일상이 타성과 고정관점과 고정화된 삶의 패턴이기도 하지만 낯설고, 경이롭고, 새롭고, 상상력이 충만한 삶의 역동적인 리듬

이기도 하다. 수업은 이런 일상의 다양한 속성을 탐구하면서 역동적으로 들여다보아야 한다.

Q30 개념을 해체하고 새롭고 발칙하게 정의하자

어떤 사물이나 현상에 대한 기존의 세상이 만들어놓은 정의와 규정을 과감히 벗어나 학생 스스로 개념을 새롭게 정의하는 개념 해체 수업을 통해 창의적인 사고의 힘을 기를 수 있다. 질문은 프리드리히 니체다.

박광수의 『악마의 백과사전』이라는 책이 있다. 감성 글귀가 넘쳐난다. 우리가 평소 당연하게 생각하는 일, 또는 한 치의 의심도 없이 너무나 일상적으로 받아들였던 사물에 대한 새롭고 발칙한 정의가 가득 차 있다. 개념을 해체해서 새롭게 정의한 감성 사전이다. 개념 해체적 수업은 창의성 신장을 위한 수업의 모델이기도 하다.

가발, 거울, 걸레, 나이, 달력, 돼지, 로또, 번데기, 사랑, 사춘기, 술, 여드름, 전화, 첫사랑, 충동구매, 통장, 하루, 학교, 행복, 호박꽃…… 등등의 단어에 대한 새로운 정의. '나이'에 대한 정의는 다음과 같다.

〈나이〉

인간이 세상을 나올 때 신으로부터 나눠받은 번호표. 문제는, 번호표 순서대로 철이 드는 게 아니라는 것. 더 심각한 문제는, 번호표 순서대로 세상을 떠나지도 않는다는 것.

어떤 사물이나 현상에 대한 기존의 세상이 만들어놓은 정의와 규정을 과감히 부정하고, 생각나는 대로, 직접 보고 듣고 경험한 대로 펼쳐놓는 기발하고도 삐딱한 상상력의 수업을 해보는 것도 의미 있는 일이다. 예를 들면 이런 질문들이다.

- '역겹다', '우울하다'라는 단어가 긍정적으로 사용된 문장을 만들어 보라.
- "세일즈맨이 판매 구역을 개척한다"를 "판매구역이 세일즈맨을 개척한다"라고 했을 때 무엇이 달라질 것인가를 5가지 이상 나열하라.
- "기차는 여행하려는 사람들을 위해 있다"를 "기차는 여행하지 않는 사람들을 위해 있다"라고 했을 때 나타날 특징을 몇 가지 나열하라.
- '달력'을 박광수는 '1년이 단지 365일로만 한정되어 있다고 믿는 비관주의자들이 벽에 걸고 보는 종이시계'로 정의했다. 여러분이 낙관주의자가 되어 새롭게 정의를 내려 보아라.

개념 해체적 대화 수업은 교육 활동 상황에서 의사소통의 기본 단위인 개념(concept)을 제대로 이해하게 하는 방식의 사고기법이다. 그러기 위해서 먼저 사전에 나와 있는 단어의 정확한 정의부터 찾아야 하고, 이를 변용하여 단어의 개념을 자유자재로 다루어야 한다. 개념의 자유로운 활용 및 변용이 곧 창의적 사고이다. 국어사전, 백과사전, 또는 교과서와 교사가 말해주는 것을 통해 기존의 개념을 습득하는 방법에서 벗어나, 학생 상호간의 대화를 통해 학생 스스로 개념을 터득하도록 하는 창의적 학습 방식이다. 자율적인 흥미와 다양한 방식으로 생각해보는 경험을 통해 사고의 힘이 생겨날 수 있다. '소금'이라는 단어의 개념을 해체하여 새롭게 정의하는 수업을 하려면 다음과 같이 할 수도 있을 것이다.

소금이라는 개념의 분석표 예시[23]

속성	속성별 공유 유무	속성의 중요도 (결정적 속성, 주변적 속성 등)
흰 색	설탕과 속성 공유	주변적 속성(설탕과 공유되므로)
짜다	간장과 속성 공유	결정적 속성(간장의 짠 속성은 소금이기 때문에)
결정체	설탕과 속성 공유	주변적 속성(설탕과 공유되므로)
바닷물로 만든다	희소 금속과 속성 공유	주변적 속성(희소 금속과 공유되므로)
물에 녹는다	설탕과 속성 공유	주변적 속성(설탕과 공유되므로)
소금의 인문학적 속성, 철학적 속성, 종교적 속성		
소금과 생명의 관계, 소금과 건강, 소금의 또 다른 엉뚱하고 발칙한 속성		

23) 창의인성 교육넷(http://www.crezone.net)의 〈창의·인성 수업기법 기본 자료집〉에서 인용하였다.

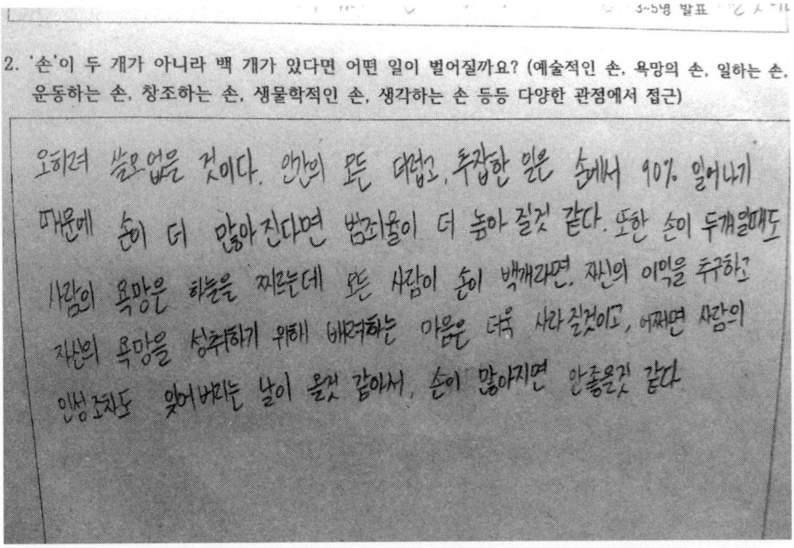
3~5명 발표

2. '손'이 두 개가 아니라 백 개가 있다면 어떤 일이 벌어질까요? (예술적인 손, 욕망의 손, 일하는 손, 운동하는 손, 창조하는 손, 생물학적인 손, 생각하는 손 등등 다양한 관점에서 접근)

오히려 쓸모없을 것이다. 인간의 모든 더럽고, 추잡한 일은 손에서 90% 일어나기 때문에 손이 더 많아진다면 범죄율이 더 높아 질것 같다. 또한 손이 두개일때도 사람의 욕망은 하늘을 찌르는데 모든 사람이 손이 백개라면, 자신의 이익을 추구하고 자신의 욕망을 성취하기 위해 배려하는 마음은 더욱 사라질것이고, 어쩌면 사람의 인성조차도 잊어버리는 날이 올것 같아서, 손이 많아지면 안좋을것 같다

<탐구9> 나에게 천 개의 손이 있다면 어떤 일이 벌어질까?>를 가지고 수업 시간에 활동을 했다.

교사는 수업을 시작할 때 "오늘 말하는 사람은 소금이라는 말을 전혀 쓰지 않고 말해야 한다. 듣는 사람은 무엇을 설명하고 있는지 맞춰야 한다"고 안내한다. 그런 다음 학습자들과 대화를 한다. 대화 중에 학습자들이 나타낸 반응이 결정적 속성인지 아니면 주변적 속성인지 판단하여 피드백을 준다. 그런 후에 '소금'을 새롭게 정의하는 문장으로 구성된 개념 해체적 질문을 한다.

질문1 : 흰 색이다. 그러나 회색이 되기도 하고, 검은 색이 되기도 한다.

질문2 : 바다에서 난다.

질문3 : 생명을 살리는 신비의 약이다.

질문4 : 몸의 무기력을 막을 수 있다.

질문5 : 맘모스가 이것을 찾아 이동한 길을 맘모스 스텝이라고 한다.

질문6 : 미네랄을 담고 있는 미네랄의 결정체이다.

질문7 : 바다의 상처이며, 바다의 아픔이며, 바다의 눈물이다.

질문8 : 싸우지 않고 이기는 간디의 비폭력 저항이 최고조에 이른 것이 바로 이것 행진이다.

질문9 : 한 방울의 물마저 탈수한 끝에 생긴 단단한 물의 흰 뼈, 물의 흰 석류

질문10 : 죽음으로 거듭난 보석, 죽은 후에 남은 흰 사리

질문11 : 부패를 허용하지 않는 짜디 짠 영혼의 말씀

수업 시간에 '성직자'와 '나이'에 대한 어휘 개념을 새롭게 정의하는 활동을 했는데 그 중에서 한 학생의 답을 적어본다.

〈성직자〉 쓰레기통 같은 사람이다. 차면 비우기 때문이다. 아무 불만 없이 세상의 쓰레기를 받아주는 사람이기 때문이다.

〈나이〉 인생을 구성하는 별로 중요하지 않은 요소이다. 꿈, 가족, 친구는 소중하지만 나이, 외모는 별로 중요하지 않다.

Q31 질문 활동이 가득 찬 거꾸로수업을 하자

'거꾸로수업'은 말 그대로 수업과 숙제를 하는 장소를 뒤바꾼 방법이다. 학생들은 미리 만든 강의식 수업 동영상을 보면서 집에서 예습해 오고, 교실에서는 다양한 활동으로 공부의 재미와 깊이를 더해주는 수업이다.

학생이 수업을 이끌어가는 '거꾸로수업(Flipped Learning)'은 교사가 만든 10분 내외의 디딤영상(수업 동영상)을 학생들이 미리 집에서 보고 온 후, 다양한 활동으로 수업 시간을 채워나가는 새로운 형태의 수업 방식이다.[24] 거꾸로수업은 2013년에 우리나라에 도입이 되어 현재 전국 270여 개 학교에서 진행하고 있다.

'거꾸로수업'은 무엇보다도 학생들 사이의 원활한 소통과 협업(Collaboration)이 중요하다. 교사만이 가르치는 것이 아니라 학생들이 서로 가르치고 서로 배운다. 학생이 교사가 되는 것이다. 학생들은 질문을 쏟아낸다. 공부를 잘 하는 학생이 질문을 하고, 질문을 받는다. 공부

24) 조선일보의 〈교육 패러다임이 바뀐다 (2)거꾸로교실 공교육 수업현장〉(2015년 6월 8일)라는 기사, 한국교직원공제회 소식지의 〈거꾸로수업, 학생이 수업을 주도하는 미래 교실을 위해〉(2014년 7월 18일) 기사를 참고하였다. 서울교육포털(SSEM)의 〈거꾸로교실〉 자료실을 참고하였다.

를 못하는 학생도 질문을 던지고, 질문을 받는다. 친구들끼리 지식 상호 교환을 한다. 디딤영상을 완벽하게 이해할 때까지 여러 번 돌려볼 수도 있다. 학생들은 모두 지식 수집가가 되고, 지식을 나누어 주는 봉사자가 된다. 교사가 가르치고 학생은 듣는 기존의 수업 방식을 깨고, 학생들이 사전에 온라인을 통해 선수 학습을 하고 교실에서 토론, 문제 해결 등 상호작용을 하는 '거꾸로수업'은 컴퓨터로 수업 영상을 제작하는 것에 대한 교사의 부담이 매우 크다.

하지만 동영상 제작은 재미있다. 그리고 이미 많은 수업 동영상 자료가 있다. 동영상 자료가 넘쳐난다. 이를 잘 활용하면 된다.

● 조용한 교실을 뒤집자!

거꾸로수업이 성공적으로 안착하기 위한 열쇠는 교사의 강의 영상 제작 실력이 아니라 오히려 교실 활동에서 나타나는 학생들의 상호 작용이다. 교사는 아이들이 제 생각을 말하고 열렬히 토론하는 시끄러운 교실을 맞을 준비가 되어 있어야 한다. 시간이 흐를수록 이 시끄러움은 배움이 싹트는 소리로 거듭난다.

● 거꾸로수업을 위한 강의 영상 제작하기

자료를 보여주며 음성으로 설명이 진행되는 강의는 무료 프로그램으로 충분하다. '오캠'의 경우 프로그램이 가벼워 낮은 사양의 컴퓨터에서도 실행이 잘 되고 녹화 시간 및 사용 기간 제약이 없어 더욱 편리하다. 캠코더로 강의하는 모습을 직접 촬영하여 올릴 수도 있다. 컴퓨터에 마이크로소프트 파워포인트 2013 버전이 설치되어 있다면 Microsoft Office Mix를 활용하여 선생님의 모습과 파워포인트 슬라이드 쇼를 함께 보여주는 영상 제작이 가능하다. Explain Everything 앱을 이용할 수도 있다. 강의용 판서, 저장, 화면 확대 및 축소, 객체의 자유 이동, 에버노트, 유튜브와의 연계 기능이 매우 강력하게 느껴지는 앱이다.

매 차시 수업 동영상 강의를 촬영하는 것도 쉬운 일이 아니다. 최소 1시간은 투자해야 영상 촬영·편집이 이뤄질 수 있다. 기존의 잘 만들어진 인터넷 강의를 이용할 수도 있지만 교사마다 각자 교육 과정을 재구성하거나 수업 속도도 다르기 때문에 교사 스스로 촬영하는 게 가장 효과가 크다.

● 유튜브 계정 만들기

10분 정도의 강의 영상을 만들면 파일 용량이 20MB가 넘어가기 때문에 홈페이지에 자료가 올라가지 않는다. 이를 해결하기 위해 유튜브 계정을 만드는 것을 추천한다. 용량이 큰 동영상 파일은 유튜브 계정에 올리고, 홈페이지에는 동영상을 볼 수 있는 링크를 남기는 조합을 통해 용량 문제를 해결할 수 있다.

● 협동 학습을 위한 자리 배치와 점검

수업 모형을 고려하여 교실의 자리 배치와 모둠원 구성을 확인한다. 수업은 조별 팀티칭으로 이루어진다. 친구들끼리 서로 가르쳐주고 대화하도록 하는 동안 교사는 단계별로 과제를 제시하고 개별 지도를 돕게 된다. 조별 팀티칭이 중요한 수업이기 때문에 조 편성이 중요하다. 학업 성취도로 조장을 1명씩 뽑고, 조장이 조원을 1명씩 선택하도록 한다. 그리고 나머지 조원 2명은 교사가 학업 성적 등을 고려해 선정하고, 분기별로 조별 구성을 바꿈으로써 조별로 팀티칭이 실천되도록 한다.

● 강의 영상을 꼭 보고 오게 하는 묘책을 만들라!

거꾸로수업을 운영하다 보면 강의 영상을 보지 않고 오는 학생에 대해 고민을 하게 된다. 사전 강의를 보고 느낀 핵심 내용을 댓글로 정리하게 하는 수업 규칙으로 참여를 유도하고, 예습을 못한 학생들은 쉬는 시간에 태블릿 PC나 휴대전화로 강의 영상을 먼저 보고 수업에 참여하도록 유도한다.

● 학생들의 상호 작용을 업그레이드할 고차원적 질문을 미리 준비하라!

영미권의 거꾸로수업 관련 자료들을 보면 플립러닝 수업 중 교사의 발문 전략을 상당히 강조한다는 것을 느낄 수 있다. 학생들의 활동을 촉진하는 역할에서 나아가 그들이 좀 더 고차원적인 사고를 할 수 있도록 질문을 하는 교사의 역할이 필요하다.[25)]

학생들의 높은 수업 참여도로 시끌벅적한 놀이터를 방불케 하는 거꾸로수업! 자는 학생이 거의 없단다. 창의적인 질문이 쏟아진다고 한다.

25) 위에 적힌 내용들은 장충중학교에 근무하고 있는 윤충훈 교사로부터 많은 도움을 받았다.

학생들이 전자 교탁과 전자 칠판을 점령했다. 발표가 한창이다. 열의가 뜨겁다.

수업 시간에 질문을 주고받으며 토론이 활발해진단다. 원활한 소통·협업으로 우정도 돈독해진단다. 이처럼 거꾸로 교실 시스템은 이전과는 다른 새로운 방식의 수업 접근이 이뤄진다. 그렇다보니 학생들도 처음에는 대부분 불편하고 힘들어 한다. 하지만 학생들이 시간이 지나면서 적극적으로 변하기 시작한다고 한다. 수업 시간에 엎드려 자는 학생이 사라지게 되었으며, 소위 말하는 '수포자'나 공부를 포기한 학생들이 친구들의 도움으로 공부에 관심을 갖고 책을 보게 되는 등 긍정적 변화가 나타난다고 하니 이것은 교실 혁명이 아니겠는가? 그저 신기할 따름이다. 거꾸로수업은 질문이 가득 찬 집현전이다.

Q32 창의적인 질문은 인생을 디자인한다

창의적인 질문은 디자인이다. 창의적인 질문은 이브 생 로랑이다. 창의적인 질문은 아름답고, 숭고하고, 재미있고, 예술이다. 창의적인 질문은 또 다른 지혜로운 질문을 낳는다.

어떻게 하면 더 좋은 질문으로 질문을 디자인할 수 있을까? 어떻게 하면 질문을 예술로 승화시킬 수 있을까? 질문 따위가 무슨 예술?

"와! 너의 질문은 예술인데!"

아름다운 질문이라는 것이 존재할까? 감동을 주는 질문이 존재할까? 더 좋은 질문이라는 것이 과연 존재할까? 미안하게도 질문은 예술이 아니라 제약이 아닐까? 왜 제약인가?

질문의 본질적 속성은 사고를 제약하거나 강제한다는 것이다. '저 사람의 약점은 뭘까?'를 묻는 사람과 '저 사람의 강점은 뭘까?'를 묻는 사람 사이의 차이는 크다. 물음은 그 물음의 경계 밖의 정보들을 차단하여 보지 못하게 한다. 질문이 하나의 틀이 되어 틀 안으로 어떤 정보는 들어

오게 하고, 어떤 정보는 막아버리는 작용을 한다. 쉽게 말해 질문은 생각을 제약한다. 그런데 바로 이런 속성으로 인해 질문을 잘 활용하면 더 좋은 질문을 할 수 있다는 것이다.

질문의 또 다른 본질적 속성은 답을 찾도록 유도한다는 것이다. 질문을 받으면 무조건반사가 일어나서 '생각(사고)하고', '답하는' 과정이 이루어진다. 질문에는 이처럼 '사고'와 '답'을 강제하고 유도하는 기능이 있다.

'매달 말일에는 빈털터리가 됩니다'라고 말하는 사람이 있다고 치자. 이를 해결할 수 있는 아이디어를 얻기 위한 수단으로 우리는 다양한 질문을 디자인할 수 있다. 이 중에 두 가지 질문을 비교해 보자.

(1) 어떻게 더 많은 돈을 벌 수 있을까?

(2) 돈에 대한 가치관이 남다른 것은 아닐까?

질문에 따라 도출되는 아이디어가 너무도 다를 것이다. 질문 자체가 사고 과정 자체를 제약한다. 이런 특성 덕분에 우리는 원하는 정보를 얻을 수 있고, 자신을 통제할 수도 있고, '돈과 행복과 욕망'에 대한 가치관이 달라질 수가 있다. 질문의 힘! 질문 능력을 키우는 힘이 '더 좋은 질문으로 디자인'하는 일이다. 질문 능력에 반짝 눈을 떠야 한다. 어떻게?

질문에는 더 좋은 질문이 있는 반면에 좋지 않은 질문도 있을 수 있다. 부정적인 대답을 지나치게 요구하는 질문, 답이 없는 질문, 즉석에서 답을 부정하기 위한 질문, 연발하거나 혼자 묻고 혼자 답하는 질문, 잘못을 유도하거나 취조하는 심문형 질문, 상대방을 압박하는 질문 등은 수업 시간에 가급적 피해야 할 좋지 않은 질문 유형이다.

더 좋은 질문은 분위기를 부드럽게 만들거나, 수업의 집중도를 높이는 질문이다. 적시적소에 상황을 잘 파악하는 질문이다. 폐쇄형 질문이 필요한 시점에서는 닫힌 질문을 해야 좋은 질문이 된다. 개방형 질문을 해야 할 상황에서는 열린 질문을 해야 좀 더 좋은 질문이다. 질문은 상황을 잘 파악하는 것이 무엇보다 중요하다.

탁월한 질문은 미지근한 대화를 흥미진진한 순간으로 바꿀 수 있다. 훌륭한 질문은 관계와 감정을 변화시킨다. 때로 삶을 바꿔놓을 수 있는 놀라운 답변을 이끌어내는 강력한 질문이 좋은 질문이 될 수 있다. 훌륭한 질문은 생각을 자극하여 의견을 재고해보게 만든다. 훌륭한 질문은 문제의 틀을 재구성하고 문제를 재정의한다. 또 좋은 질문은 우리가 가장 확고하게 믿는 개념이나 가치관에 찬물을 끼얹으며 전통적인 사고방식에서 벗어나게 이끈다. 좋은 질문은 더 많은 것을 배우고 발견하도록 우리를 자극한다. 때로는 돌직구 질문이 더 큰 감동을 주기도 한다.

더 좋은 질문 중에는 창의력을 증진시키는 질문이 포함되어 있다. 창의성을 가진 사람은 기존의 지식 체계나 정보에만 의존하지 않으며 고정된 사고의 틀을 깨고 새로운 아이디어를 산출해낸다. 그리고 다른 사람들이 놓치기 쉬운 문제를 인식할 수 있는 감수성, 주어진 문제에 대해 다양한 방식으로 접근할 수 있는 융통성, 풍부한 아이디어의 생산 능력인 유창성, 문제에 대한 참신한 해결 방안을 만들어낼 수 있는 독창성을 가지고 있다.

창의력 신장을 위한 교수 학습 기법인 브레인스토밍(brain stoming), 체크리스트, 스캠퍼(SCAMPER), 시네틱스(Synectics), 마인드맵, 육색

질문은 디자인 예술이다. 질문은 아름답고, 숭고하고, 재미있고, 기쁘다. 질문은 또 다른 질문을 낳고, 인생을 지혜롭게 한다.

모자사고기법 등의 방법을 수업에 활용한다. 이를 위해서 교사는 이러한 방법들에 대한 전문적인 지식을 갖추고, 끊임없는 연구와 시행착오를 거쳐 학생들에게 적절한 방법을 찾아내는 노력이 필요하다. 사실 모자, 의견 모자, 부정적인 모자, 긍정적인 모자, 아이디어 모자, 냉철한 분석 모자를 쓰고 수업을 진행해 보자. 직접 유추, 의인 유추, 상징 유추, 환상 유추를 하는 수업을 해보자. 대체하기(Substitute), 결합하기(Combine), 응용하기(Adapt), 변형하기(Modiify), 확대하기(Magnify), 축소하기(Minify), 다르게 활용하기(Put to other uses), 제거하기(Eliminnate), 뒤집기(Reverse), 재배열하기(Rerrange) 등의 수업을 실시해보자.

길포드(Guilford)는 창의력의 속성으로 민감성(sensitivity). 유창성(fluency), 융통성(flexibility), 독창성(originality), 정교성(elaboration)을 들고 있다. 창의력 신장을 위해서는 창의력의 5가지 속성을 자극하는 발문이 효과적이다. 즉 단순한 사실이나 지식의 재생을 요구하는 것이 아니라, 부족한 자료에도 불구하고, 자유롭게 사고하여 문제 해결을 시도하는 발문이 효과적이다.

예를 들어보면 다음과 같다.

1) 민감성 신장을 위한 발문

"생활 주변에서 남녀의 성역할을 고착화시키는 사례를 찾아봅시다."

2) 유창성 신장을 위한 발문

"다음 만화의 말풍선에 자신의 생각을 말로 넣어 봅시다."

"'당신을 사랑해요'라는 말을 다르게 표현해 봅시다."

3) 융통성 신장을 위한 발문

"(가)와 (나) 사이에 들어가는 짧은 글을 지어보세요."

4) 독창성 신장을 위한 발문

"학교 축제를 내용으로 하는 공감각적 심상이 들어간 광고문을 작성해 봅시다."

5) 정교성 신장을 위한 발문

"다음 글에서 문장의 호응 관계가 잘못된 것들을 지적해 봅시다."

창의력은 수용적이고 개방적인 환경 속에서 자유로운 사고와 무한한 상상력을 키우는 질문을 통해 개발될 수 있다. 창의적인 질문은 불편하다. 하지만 사고를 확장한다. 질문은 부작용을 낳을 수도 있다. 하지만 창의적인 질문은 진리를 추구한다. 질문은 디자인이다. 질문은 예술이다. 질문은 아름답고, 숭고하고, 재미있고, 기쁘다. 질문은 또 다른 질문을 낳고, 인생을 지혜롭게 한다. 질문은 감동을 줄 수 있다. 질문을 받는 순간 기쁨에 겨워 눈물을 흘릴 수도 있다.

Q33 딴죽걸기는 창의적인 책읽기다

책은 완벽한 텍스트가 아니다. 책은 해체와 분해의 대상이고 딴죽걸기의 대상이다. 기존의 이해와 감상에서 벗어난 새로운 질문들의 텍스트를 풍성하게 하고, 새로운 텍스트를 창조한다.

책을 읽고 책에 딴죽을 건다? 딴죽을 건다는 것이 무엇일까? 이미 동의하였거나 약속했던 일에 딴전을 부리며 어기는 것을 말한다. 새로운 각도로 접근하는 것이다. 기존의 이해와 감상의 틀에서 벗어나 새로운 시각을 가지게 만드는 책 읽기를 통해 창의성을 향상시킬 수 있다. 어떤 방법으로 딴죽을 걸 수 있을까?

● 역발상적 사고를 통해 등장인물에 딴죽걸기

학생들은 이미 무의식 중에 정해진 틀에 의해서 작품을 이해하게 된다. 교사는 "그럼 우리는 이제 이 인물의 평가에 대해 한 번 딴죽을 걸어보자"며 긍정적 인물은 부정적 인물로, 부정적 인물은 긍정적 인물로 딴죽을 걸어 기존의 생각과는 정반대로 결론을 내리게 한다. 그리고 이런 결론을 뒷받침할 수 있는 실마리를 소설에서 찾아보게 한다. 이렇게 찾은 실마리에 상상력을 동원하여 새로운 이야기를 꾸밀 수 있도록 뼈대를 만든다. 이 과정에서 다른 등장인물에 대한 내용 설정이 달라질 수도 있다. 만약 찾을 수 없을 때에는 소설에 제시된 내용을 일부 이용하여 학습자가 상상하여 그 이유를 새롭게 창작하게 한다. 흥부와 놀부, 이몽룡과 변사또, 콩쥐와 팥쥐, 토끼와 자라, 뺑덕어멈과 심봉사, 백설공주와 일곱난쟁이 등등 인물의 성격과 캐릭터의 역할을 전도시켜보면 작품의 속성이 매우 다르게 보일 수 있는 것이다.

● 결말에 딴죽을 걸어 새롭게 전개하기

소설의 결말에서 한 단계 더 나아가 자신이 알고 있는 동화, 우화, 소설, 영화 등의 인물과 사건을 연결하여 소설적 결말을 전혀 다른 방향으로 이끌어 나가는 것이다. 등장인물에 대한 평가가 달라짐에 따라 소설의 결말이 어떻게 달라질 수 있을지 상상하게 한다. 달라질 결말 부분을 구성할 인물과 사건, 배경을 설정하여 전체적인 뼈대를 작성하게 한다. 이때 기존의 소설 결말과 새롭게 달라질 소설 결말을 비교하게 하여, 자신이 상상력과 창의성이 발휘된 부분을 확인하게 한다. 일단 작성한 결말의 뼈대를 발표하게 하고, 다른 학습자의 발표 내용을 바탕으로 자신의 결말을 수정, 보완할 수 있도록 한다. 이때 가능하면 결말의 내용을 기발하고 재미있게 서술하도록 하게 한다. 개인별 발표에 대해 학습자 상호 평가를 통해 가장 기발한 결말, 가장 황당한 결말, 가장 감동적인 결말 등 다양한 기준에 따라 우수자를 선발하는 것도 학습자의 흥미를 유발할 수 있는 방법이 될 것이다.

새롭게 쓴 결말에 다시 한 번 더 딴죽을 걸도록 한다. 이때는 학습자가 이미 알고 있는 다른 작품(동화, 우화, 소설, 영화 등)의 사건을 인용하여 결말의 뒷부분에 연결하여 결말의 내용을 연장시킨다. 이 과정에서 두 이야기 사이의 연결 고리를 만들어 사건이 가능하면 그럴듯하게 연결될 수 있도록 한다. 그 후 소설의 첫 결말과 두 번째 결말, 세 번째 결말로 이어지는 과정의 사건을 마인드맵 형식으로 정리하게 하여 새롭게 등장한 인물과 사건을 파악하여 발표자의 창의성과 기발성을 상호 평가하게 한다.

● 책 밖의 세상으로 여행 떠나기

"지금부터는 책 밖으로 나가 봅시다. 책 속에 나와 있지 않은 내용들을 스스로 찾아 떠납시다. 다른 사람이 발견하기 어려운 것들을 찾아낼수록 더 값진 보물이 될 거예요."

「사미인곡」, 「속미인곡」, 「만언사」, 「만분가」 등의 작품은 소위 유배문학이라고 한다. 유배문학을 배울 때 작품 밖으로 뛰어나가 유배지를 떠올려보는 것이다.

우리 모두 위대한 문학 작품을 쓰기 위해 유배를 갈까요? 수많은 질문을 만들어낼 수 있을 것이다.

- 위도, 거제도, 대마도, 흑산도, 진도, 영월 청령포, 백령도, 제주도, 삼수갑산, 강진의 공통점은?

- 보타니 베이(Botany Bay), 뉴캐슬(Newcastle), 멜빌섬(Melville Island), 노퍽섬(Norfolk Island), 파리코뮌, 동티모르섬(the islands of Portuguese Timor), 괌(Gaum), 콘론섬(Con Lon), 하이난도(海南島), 사도섬(佐渡島), 시베리아, 사할린의 공통점은?
- 이규보, 광해군, 최익현, 정약전, 김만중, 정약용, 윤선도의 공통점은?
- 「어부사시사」, 「정과정곡」, 『구운몽』, 『죄와 벌』, 『자산어보』, 〈세한도〉의 공통점은?
- 고려시대 주요 유배지는 어디일까?
- 조선시대 주요 유배지는 어디였을까?
- "유배문학은 문학의 백미이며 보배입니다. 동서고금을 막론하고 가장 뛰어난 문학 작품들이 유배지에서 탄생했습니다. 정철, 윤선도, 김만중, 정약용 등의 작품이 그렇습니다. 여러분도 뛰어난 작품을 쓰고 싶다면 유배를 떠나세요."
- "선생님도 유배를 떠나셔야겠네요."

  푸하하하. 역시 학생들은 치고 빠지기 선수들이다. 급소를 찌른다. 그러니까 내가 유배를 떠나지 못했기 때문에 좋은 작품을 쓰지 못하는 시인이라는 의미렷다.

  "맞다. 나도 유배를 떠나야 하는데……. 무슨 잘못을 저질러 볼까?"
- '위리안치(圍籬安置)'의 의미는?
- 유배를 가장 많이 간 지역과 시기는?

다산 정약용이 유배지에서 부인이 보낸 붉은 치마 한 자락에 아들과 딸을 향한 애끓는 사연을 담은 '하피첩'이다.

- 유배를 간 양반들은 유배지에서 훈장 노릇을 하기도 했다는데 유배지에서의 생활은?
- 유배 문학의 특징은? 유배문학 중에 왜 뛰어난 작품이 유독 많은지 그 이유를 알아보자.

유배, 귀양은 인생의 최대 시련기에 해당한다. 아웃사이더가 되는 길이다. 버림받은 불운아의 삶이다. 가혹하고 척박한 유배지에서 쓴 글은 절박하다. 악조건을 자신의 한계로 받아들이는 가운데 절망과 불안과 초극의 뛰어난 문장이 탄생한다. 책 밖의 험난한 세상에서 가장 뛰어난 작품이 탄생한다. 책을 읽으면서 책을 벗어나자. 책 밖의 세상으로 나오자. 과거로도 가고, 미래로도 가고, 멀리 여행을 떠나자. 『걸리버여행기』를 읽으면서 소인국에도 가고, 대인국에도 가고, 외딴 섬에도 가자. 유배 문학 작품을 읽으면서 고립무원의 극한 경지를 체험하자.

인생은 길이다. 우리의 인생은 세계 최고의 여정과 여행이어야 한다. 여행의 고생살, 여행의 새로움, 여행의 경이를 체험해야 한다. 길 위에서 참된 길을 찾아야 한다. 여행은 새로운 질문이다. 삶의 본질에 대한 질문이 여행길이다.

유배문학 속에는 천 개의 길이 있고, 천 개의 길찾기가 있다.

교실은 대초원이다

지금 서로 의견이 갈려서 토론 수업을 하고 있는 교실이

하느님께서 지으신 자유롭고 광활한 대초원이 아니라면 과연 어디겠는가?

그렇지 않고서야 어찌 풀이 저토록 끈질기게 교실 가득 푸르딩딩 자라나고 있겠는가?

울부짖고, 뿔질을 하고, 저녁을 끌고 야초를 뜯는 산양이 가득하겠는가?

공자와 세종대왕과 김일성과 박정희와 돈키호테가 느닷없이 교실로 들어와서는

광대와 광녀와 목동과 유목민과 화가를 만나고 있다.

그들을 마유주를 함께 마시고 있다.

— 장인수 시집 『교실-소리질러』(문학세계사, 2015년)에서

파도의 몸짓

문화 체험활동을 와서
묵호 등대를 본다.
태허太虛 앞에 섰다.
구해九垓를 향해 함성을 지르는 학생들아,
수평선이라는 담장을 훨훨 넘어가는 너희들의 목소리.
바다 밖의 영역
탈경계로
무극으로
떠나는 수컷의 힘찬 목소리.
바다는 늘 갓 태어난 간난아이처럼 온 몸이 주름투성이.
뒤파도가 앞파도를 가르며 써레질한다.
경계 너머의 탈영토,
시원始原의 몸짓으로
파도는 60억년을 쉬지 않고 출렁이고 있다.
지구의 생성과 함께 했다.
그리하여 시간은 파도처럼 흐르는 것인지도 모른다.
시간은 지금도 수평선 너머에서 밀려오고 있다.
파도의 몸살보다 더 아픈 몸짓이 어디 있으랴.
제자들아, 저것이 너희들의 몸짓이겠지?

— 장인수 시집 『교실-소리질러』(문학세계사, 2015년)에서

참고 문헌

구현정, 『소통, 불통, 먹통』, 경진출판, 2011

권순현, 『교실을 춤추게 하는 감동의 수업여행 : 마음을 움직이는 참여수업』, 즐거운학교, 2014

김수현, 『그림동화 감상을 위한 발문 구성 방안 연구』, 한국교원대 석사학위 논문, 2010

다니하라 마코트 지음, 노경아 옮김, 『결정적 질문』, 인사이트, 2014

래리킴 지음, 강서일 옮김, 『대화의 신』, 위즈덤하우스, 2015

세르주 티스롱 지음, 임호경 옮김, 『작은 물건들의 신화』, 궁리, 2002

신진수, 「사고력 신장을 위한 발문 기법」, 2010년 교직원직무연수 원고

앤드루소벨, 제널드 파나스 지음, 안진환 옮김, 『질문이 답을 바꾼다』, 어크로스, 2012

오선수, 「학습동기 유발 및 발문 기법」, 2006년 교직원직무연수 원고

이노우에 다쓰히코 지음, 김준균 옮김, 『베끼려면 제대로 베껴라』, SEEDPAPER, 2013

이명자, 『문화콘텐츠 스토리텔링의 실제』, 경진출판, 2015

이정원, 『전을 범하다』, 웅진지식하우스, 2010

이진경, 『노마디즘 2』, 휴머니스트, 2002

장석주, 『들뢰즈 카프카 김훈』, 작가정신, 2006

장석주, 『이상과 모던뽀이들』, 현암사, 2011

장인수, 『교실, 소리질러』, 문학세계사, 2015

장인수, 『창의적 문제 해결력 신장을 위한 주제 중심의 통합교과 토론 수업 연구』, 서울특별시교육연구정보원, 2014

전창욱, 『참여형 수업을 이끄는 창의적 교수법 47가지』, 미래와 경영, 2013

존 톰슨 , 베탄 패트릭 지음, 이루리 옮김, 『평범한 것들의 아주 특별한 역사』, 써네스트, 2011

휴 앨더시 윌리엄스 지음 김태훈 옮김, 『메스를 든 인문학』, 알에이치코리아, 2014년

참고 홈페이지

YTN 사이언스, 사이언스타임즈, 한국과학창의재단, 전국국어교사모임, 장석주 카페, 조선일보, 국민일보, 한국교직원공제회, 서울교육포털, 한국웃음치료교육협회, 창의인성 교육넷, 서울특별시교육연구정보원, 서울 중등독서토론논술교육연구회, 다詩다시—교사가 지치지 않는 국어수업, 전국독서교사모임 물꼬방, 전국국어교사모임, 새들의 꿈에서는 나무 냄새가 난다, 거꾸로 교실에서 미래 교실로 등의 사이트에 실려 있는 자료를 참고하였다.

새롭게 인생을 디자인하는

창의적 질문법

지은이_ 장인수
펴낸이_ 조현석
펴낸곳_ 북인
디자인_ 푸른영토

1판 1쇄_ 2015년 11월 25일
출판등록번호_ 313 - 2004 - 000111
주소_ 121 - 842 서울 마포구 서교동 467 - 4, 301호
전화_ 02 - 323 - 7767
팩스_ 02 - 323 - 7845

ISBN 978 - 89 - 97150 - 57 - 1 02810